Andrei Platônov

Iúchka e outras histórias

Tradução do russo
Maria Vragova

Ilustrações
Rick Rodrigues

Prefácio
Maria Vragova

CONTOS
Volume I

EDITORA ARS ET VITA
Ars et Vita Ltda.
Avenida Contorno, 7041/101 | Lourdes | CEP 30110-043
Belo Horizonte - MG - Brasil
www.arsetvita.com

Copyright © Editora Ars et Vita Ltda., 2024
Organização © Maria Vragova, 2024
Tradução © Maria Vragova, 2024
Prefácio © Maria Vragova, 2024
Ilustrações © Rick Rodrigues, 2024

Capa, projeto gráfico e editoração eletrônica: Marcello Kawase
Preparação: Francisco de Araújo
Revisão: Luiz Gustavo Carvalho e Lolita Beretta
1ª edição. 2ª reimpressão – 2025

Dados Internacionais de Catalogação na Publicação (CIP)
(Câmara Brasileira do Livro, SP, Brasil)

Platônov, Andrei, 1899-1951
    Iúchka e outras histórias : contos / Andrei Platônov ; ilustrações Rick Rodrigues ; tradução do russo Maria Vragova ; prefácio Maria Vragova. -- 1. ed. -- Belo Horizonte, MG : Ars et Vita, 2024. -- (Contos do Platônov ; 1)

    ISBN 978-85-66122-17-6

1. Contos russos I. Rodrigues, Rick. II. Vragova, Maria. III. Título. IV. Série.

24-191177   CDD-891.73

Índices para catálogo sistemático:

Índices para catálogo sistemático:
1. Contos : Literatura russa 891.73
Aline Graziele Benitez - Bibliotecária - CRB-1/3129

Publicado com o apoio do
Instituto de Tradução (Rússia)

AD VERBUM

A BORBOLETA COLORIDA

IÚCHKA

O CURSO DO TEMPO

DE BOM CORAÇÃO

TODA A VIDA

O DOM DA VIDA

AFÔNIA

A OITAVINHA

Prefácio

Após ter publicado a primeira tradução para o português do romance *Tchevengur*, a Editora Ars et Vita apresenta aos leitores brasileiros uma seleção de contos de Andrei Platônov. Abordando temas essenciais da humanidade e, em particular, uma percepção filosófica do destino humano em meio ao percurso histórico, os oito contos que integram a presente edição tecem ainda um diálogo entre a obra do escritor russo, um dos nomes incontornáveis da literatura do século XX, e a obra visual do artista capixaba Rick Rodrigues, convidado a criar uma série de trabalhos inéditos inspirados nos contos do autor.

No início do século XX, época em que Andrei Platônov começou a escrever, a literatura passava por uma transformação dos seus gêneros: os contos e as novelas assumiam uma posição central na produção literária, ocupando o lugar do romance, que se encontrava em fase de reestruturação. Se nos restringirmos apenas à literatura russa, datam dessa época as importantes coletâneas de contos de Maksim Górki, Boris Pilniak, Mikhail Bulgákov e Mikhail Zóschenko. Desta forma, não supreende o fato de que é justamente nesse gênero que se dão as primeiras experiências literárias de Andrei Platônov. E, sem nunca tê-lo abandonado, o escritor volta a dedicar-se aos contos após ter escrito novelas, como *A escavação*, romances, como *Tchevengur*, e ensaios.

Os contos aqui apresentados, escritos entre a década de 1930 e os anos pós-guerra da década de 1940, podem ser considerados contos filosóficos. Andrei Platônov é um dos poucos autores russos cuja sensibilidade e perspicácia transparece ao mesmo tempo em diversos aspectos do pensamento humanitário. Seus textos constituem uma declaração filosófica e artística holística, uma reflexão metafísica sobre o que sucedia com um país e sua população. No entanto, ao contrário das obras escritas nos anos 1920, os contos platonovianos da década de 1930 não orbitam mais em torno da Grande Família soviética. No momento em que a União Soviética testemunhava o início de uma verticalização do poder, que culminaria com o ano do Grande Terror, em 1937, Andrei Platônov se afastava dos temas ligados à produção industrial, aos planos quinquenais ou à tarefa contínua de construção de uma nova sociedade e se curvava para admirar e descrever o "pequeno mundo" dos "pequenos homens". Surgem na obra do autor temas eternos como o amor, o nascimento, a morte, a felicidade pessoal, o papel da mulher, a relação entre pais e filhos e a relação entre o homem e a natureza. Apesar de serem temas já presentes na literatura russa do século XIX, a maneira como são tratados por Platônov é única: Iúchka no caminho para Moscou ou para uma aldeia erma e longínqua não escondia seu amor pelos seres vivos; Tamara se apropriava de tudo que gostava no mundo, tudo o que podia amar o seu coração curioso e pobre, incapaz de viver vazio e constantemente necessitado de alguma coisa sua; Afônia tentava convencer sua mãe a sair do túmulo para viver novamente, pois o avô construiria uma nova isbá de madeira.

Nota-se também uma mudança no estilo dos contos do escritor: se nos anos 1920 eles eram marcados pelo caráter anedótico, nas duas décadas seguintes, utilizando-se do realismo cristão, fazem alusões às novelas alegóricas e filosóficas. Platônov dirige o olhar para os assim chamados "pobres de espírito": as crianças, os ignorantes e os *iuródivi*[1]. Em seus contos, a ignorância e o analfabetismo apresentam-se como uma alternativa à "inteligência" e à cultura escrita, a loucura santa confronta a ortodoxia oficial e a cosmovisão infantil se contrapõe à visão de mundo dos adultos.

O entendimento da criança como uma alternativa ao mundo civilizado remonta a Jean-Jacques Rousseau, que apontava a percepção infantil como uma personificação da origem natural, oposta a tudo o que é artificial e falso, antecipando, de certa forma, a ideia utópica de evolução da humanidade.

—
1. A palavra russa *iuród* (юрод), correlata do adjetivo *iuródivi* (юродивый), tem dois significados. Significa tolo, excêntrico ou louco. Mas *iuród* é também um asceta cristão, tido como louco, porém um profeta na opinião dos crentes. (N. da T.)

O universo da infância, que ocupou uma posição relevante no processo criativo de Platônov durante toda a sua trajetória, transparece nos inúmeros contos escritos para e sobre as crianças. De certa forma, o autor enxergava o mundo através do olhar de uma criança. Neste mundo, a felicidade de conexão de uma vida com outros seres rapidamente se perde e dispersa, assim como some o pão que comemos para viver; os animais não são considerados apenas amigos, mas irmãos, e a vida é sentida através deles. Nos contos do presente volume, a compreensão do mundo pelo olhar infantil incita ainda a uma reflexão sobre o mundo natural e as relações mantidas entre o homem e a natureza. Ao invés de meramente infantis, são destinados também, e, talvez, sobretudo, aos adultos. Em diversas ocasiões, os próprios personagens adultos dos contos platônovianos se parecem com crianças, pela inocência, ingenuidade e impossibilidade de viverem no mundo dos adultos. Os motivos infantis — a humanização animal e a diluição da fronteira entre as crianças e os seres vivos, a oposição do pequeno ao grande, a insegurança infantil e a figura da criança salvadora, a saudade que os adultos têm da infância — estão organicamente ligados à filosofia platônoviana. Eles colorem as convicções do autor com matizes ingênuos e, ainda assim, sérios.

A loucura por Cristo, fenômeno profundamente enraizado na cultura ortodoxa russa, também permeia de maneira perene o universo dos contos de Andrei Platônov. Não se encaixando nas normas sociais vigentes, os "santos loucos" eram frequentemente ridicularizados, sendo submetidos a sofrimentos corporais, os quais suportavam com resignação e humildade de espírito. A tolice é um serviço público que, por um lado, consiste na compaixão pelo próximo e na misericórdia, e por outro, na profanação do mundo, na denúncia dos poderosos, no protesto contra a violência e a imoralidade do poder.

Na obra do autor russo, o ponto de vista dos "santos loucos" tem uma relação direta com a crise vivida por Platônov nas décadas de 1920 e 1930, causada pelo desenvolvimento da sociedade e pelo que sucedia no país. Enquanto o governo soviético, como uma "teocracia ao contrário"[2], traía os altos ideais da religião social de Platônov, a crença incondicional do autor no socialismo esvaía-se, deixando-o praticamente sem esperanças. Às vezes, o próprio escritor lembrava um "santo louco", parecendo com alguns dos protagonistas de seus contos. Os ascetas platonovianos, no entanto, não vêm da igreja, são "santos loucos" como o próprio Iúchka, protagonista do conto homônimo.

O autor utiliza a hagiografia, cujo objeto principal é a façanha da abnegação, para tentar resolver questões substanciais da existência humana: o que determina o destino de uma pessoa? Quão livre ela é em suas escolhas? Qual é o significado oculto do sofrimento e como ele deve ser tratado? Como se manifesta a liberdade e a necessidade? Essas perguntas se tornariam particularmente relevantes para o autor na segunda metade da década de 1930, quando ele faz referências diretas aos valores cristãos. Segundo Natália Korniénko, que reflete sobre a evolução do escritor e as razões das mudanças perceptíveis no estilo do autor nos anos 1936-1937, "as transformações ocorridas na obra de Platônov são uma mudança da estética para a religião: um retorno de "uma assustadora ausência de luz estética rumo ao significado espiritual da literatura russa".[3]

Através da ingenuidade, da ignorância e da loucura santa, Andrei Platônov busca a reconstrução do primitivo. Trata-se de uma construção literária consciente, que se distancia dos vários tipos de estilizações e idealizações característicos da intelectualidade da Idade de Prata ou daqueles artistas da vanguarda neoprimitivista, para quem as formas de arte popular eram destinadas meramente à descanonização estética. No universo platonoviano,

---
2. BIERDIÁIEV, Nikolai. *A origem e o sentido do comunismo russo*. (N. da T.)
3. KORNIÉNKO, Natália. *Pessoas bondosas nos contos de Andrei Platônov nos anos 1930-1940*.

os motivos da cultura popular imiscuem-se à literatura de maneira visceral. O autor retrata o choque entre o mundo antigo e o mundo moderno, tentando fazer justiça tanto à revolução social quanto à "verdade do povo". O primitivo se manifesta de várias formas, denotando a posição marginal de um verdadeiro "crente" em relação à ortodoxia socialista dominante.

Maria Vragova

A borboleta colorida

Às margens do Mar Negro, lá, onde as montanhas do Cáucaso erguem-se até o céu, vivia numa cabana de pedra uma velhinha chamada Aníssia. A cabana ficava no meio do campo de flores onde cresciam rosas. Perto desse campo de flores havia uma colmeia, e lá também, desde sempre, vivia um apicultor — o vovô Ulián. Ele dizia que quando havia chegado à terra caucasiana, ainda jovem, Aníssia já era uma vovó de idade e ninguém sabia quantos anos ela tinha, desde quando vivia no mundo. A própria Aníssia não podia dizê-lo, pois havia esquecido. Lembrava-se apenas de que em seu tempo as montanhas eram jovens e não eram cobertas por florestas. Assim disse uma vez a um viajante, que registrou as palavras dela em seu livro. Mas esse viajante havia morrido há tempos e seu livro esquecido por todos.

Uma vez por ano, o vovô Ulián visitava Aníssia; trazia-lhe mel, consertava-lhe os sapatos, examinava se o balde não estava gasto e recobria o telhado da cabana, para que a chuva não entrasse na moradia.

Depois sentavam na pedra que ficava na entrada da cabana e conversavam como amigos. O velho Ulián sabia que dificilmente visitaria Aníssia no ano seguinte: já era muito velho e chegaria logo sua hora de morrer.

Na última vez em que se encontraram, Ulián observou que a haste metálica dos óculos que Aníssia usava se gastara, tornando-se mais fina do que um fio, e logo se partiria — com o tempo, a haste gastou-se no intercílio de Aníssia. Ulián então reforçou-a com um arame, para que os óculos ainda servissem e para que através deles fosse possível ver tudo o que há no mundo.

— Então, vovó Aníssia, o nosso prazo de vida se esgotou — disse Ulián.

— Não, o meu não se esgotou — replicou Aníssia. — Tenho ainda um dever, estou esperando meu filho. Devo viver enquanto ele não voltar.

— Pois viva — concordou Ulián. — Mas a minha hora chegou.

Ulián foi embora e não demorou para que morresse de velhice, já Aníssia seguiu vivendo à espera do filho.

* * *

Seu filho Timocha[1] fugiu de casa quando ainda era pequeno e Aníssia ainda jovem, e, desde então, não voltou para a mãe. Toda manhã, ele corria até as montanhas para brincar, conversar com as pedras, que respondiam à sua voz, e para caçar borboletas coloridas.

Ao meio-dia, Aníssia vinha até o atalho que conduzia às montanhas e chamava seu filho:

— Timocha, Timocha!... Perdeu de novo a noção do tempo brincando e se esqueceu de mim.

— Já vou, mamãe, só vou apanhar uma borboleta.

Ele então pegava a borboleta e voltava para a mãe. Em casa, mostrava a borboleta e lastimava que ela não voasse mais, só andava um pouquinho, com fraqueza.

— Mamãe, por que ela não voa? — perguntava Timocha, mexendo nas asas da borboleta. — Melhor seria que voasse. Ela agora vai morrer?

— Não vai morrer nem viver — disse a mãe. — Ela precisa voar para viver, mas você a pegou e a colocou na mão, esfregou-lhe as asas e ela ficou doente... Não as apanhe!

Todo dia Timocha corria para a montanha por uma antiga trilha. Aníssia sabia que aquela vereda que atravessava a montanha pequena levava à grande, e da grande até a mais alta, onde à noite se reuniam as nuvens, e daquela montanha mais alta a trilha levava ao topo mais feroz e assustador de todas as montanhas, e lá terminava no céu. Aníssia ouviu dizer que esta trilha havia sido aberta por um desconhecido que foi para o céu por ela através da montanha mais alta — foi e nunca voltou; ele não teve filhos,

---

[1] Denominação afetuosa de Timoféi. Ao longo deste e dos demais contos aparecem outros hipocorísticos como esse, muito comum no russo. (N. da T.)

não amava ninguém no mundo, a terra não lhe foi gentil e todos o esqueceram; dele restara apenas a trilha, e poucos andaram por ela depois.

Somente Timocha corria por essa trilha atrás de borboletas.

Certa vez Timocha ia para casa: começava a anoitecer e no declive da montanha as flores já dormitavam no crepúsculo. Ao lado da trilha crescia a haste de uma erva solitária, do barranco, sua cabecinha espreitava aqueles que caminhavam pela terra, e uma luz minguada e límpida cintilava em seu rosto. Timocha viu que uma gota de orvalho caíra sobre a haste, para que ela bebesse.

"É uma gota bondosa" — pensou Timocha.

Nesse momento, uma borboleta colorida pousou na haste e se pôs a bater as asas. Timocha se assustou: ainda não tinha visto uma borboleta assim. Era grande como um pássaro e tinha asas de cores que Timocha nunca tinha visto. O tremor das asas dava a impressão ao menino de que uma luz emanava delas e soava como uma voz velada que o chamava.

Timocha estendeu a mão em direção à borboleta resplandecente e trêmula, mas ela voou para uma pedra grande. Então, Timocha disse de longe para ela:

— Vamos conversar!

A borboleta não falava e não olhava para Timocha: apenas o temia. Ela, talvez, não fosse bondosa, mas era tão linda...

Ela saiu da pedra e sobrevoou a trilha em direção à montanha. Timocha correu atrás dela para vê-la mais uma vez, porque não a tinha admirado o bastante.

Ele corria atrás da borboleta pela trilha da montanha enquanto a noite sobre ele já escurecera. Não tirava os olhos da borboleta que voava diante dele, e só não se perdia porque conhecia a trilha de memória.

A borboleta voava livremente, como queria: voava para frente, para trás, para um lado, depois para outro, como se o vento invisível a soprasse, e Timocha, ofegante, corria atrás dela.

De repente, ouviu a voz de sua mãe:

— De novo perdeu a noção do tempo brincando e se esqueceu de mim!

— Já vou, mamãe — respondeu Timocha. — Vou somente apanhar uma borboleta, a melhor de todas, a última.

A borboleta voou rente ao rosto de Timocha: ele sentiu o sopro quente de suas asas, depois a perdeu de vista.

Ele varreu com os olhos o ar e a terra, voltou correndo, mas não encontrou a borboleta.

A noite chegou. Timocha corria pela trilha em direção à montanha. Parecia-lhe que as asas da borboleta brilhavam perto dele, que estendia as mãos para apanhá-la. Ele já tinha percorrido as montanhas pequenas e grandes e agora subia ao topo mais assustador e desnudo de todas as montanhas, onde a trilha terminava no céu.

Timocha correu até o fim do atalho e de lá viu de uma vez o céu inteiro; uma estrela grande e bondosa cintilava perto dele.

"Vou pegá-la — pensou Timocha. — A estrela é ainda melhor, agora não preciso mais de borboletas."

Ele se esqueceu do chão, estendeu os braços para o céu e caiu no abismo.

Pela manhã, Timocha olhou ao redor. Arbustos cresciam na escarpa da montanha e findavam na margem de um pequeno córrego. A nascente do córrego era no sopé da montanha, depois corria um pouco pela terra e desaguava num pequeno lago; do lago, a água subia formando um vapor nebuloso e sufocante, por isso, nesse lugar, fazia calor também pela manhã. Ao redor, erguiam-se rumo às alturas celestes as paredes nuas das montanhas, pelas quais não se podia subir e que eram alcançadas somente voando pelo ar, como borboleta.

O pequeno Timocha fora parar num abismo cercado de montanhas. E percorreu o dia inteiro o fundo desse abismo, e em todo lado havia uma muralha de pedra que o impedia de subir e de lá partir. O lugar era quente e extenuante; agora Timocha se lembrava do frescor da casa da mãe.

Nas margens do córrego, pela grama e nos arbustos, viviam e zumbiam muitas libélulas, e por toda parte voavam borboletas resplandecentes como a que Timocha quisera apanhar na véspera. As borboletas tremulavam sobre a terra quente, o barulho de suas asas era audível, mas Timocha não queria apanhá-las e se chateava de olhar para elas.

— Mamãe! — chamou ele, naquele silêncio pétreo, e começou a chorar porque estava apartado da mãe.

Ele se sentou ao pé da muralha de pedras montanhosas e começou a arranhá-las com as unhas. Ele queria escavar a montanha e, atravessando-a, partir para a casa materna.

* * *

Muitos anos se passaram desde que o pequeno Timocha foi parar no fundo do abismo de pedras. Timocha cresceu e ficou grande. Encontrando pedaços de uma pedra bem dura, caídos em algum tempo do topo da montanha, afiou-os com outras pedras igualmente duras. Com essas pedras, ele batia e picava a montanha, mas esta era imensa e suas pedras também eram duras.

Timocha trabalhou anos e anos, mas não conseguiu cavar mais que uma caverna rasa na pedra da montanha, faltando ainda muito para alcançar a casa, atravessando-a. Olhando para trás enquanto trabalhava, Timocha via borboletas coloridas que voavam em nuvens no ar quente. Nunca mais, desde a infância, Timocha apanhou uma borboleta, e, quando alguma por acaso pousava nele, ele a espantava.

A voz materna soava cada vez mais distante em seu coração: "Timocha, você esqueceu de mim! Por que partiu e não voltou?"

Timocha chorava em resposta à voz esmaecida da mãe, e picava a montanha de pedras, cavando-a ainda com mais afinco.

Às vezes, acordando na caverna, Timocha esquecia onde morava, não se lembrava de que já se passaram longos anos de sua vida; ele achava que ainda era pequeno como antes, que morava perto do mar com sua mãe, e, novamente feliz, sorria e queria apanhar borboletas. Mas depois via que ao seu lado só havia pedras e que estava só. Estendia os braços em direção à sua casa e chamava a mãe.

A mãe olhava para o céu estrelado e parecia-lhe que seu pequeno filho corria entre as estrelas. Que uma estrela voava diante dele, que estendia a mão para apanhá-la, e ela voava para longe, para as profundezas do céu escuro.

Ela contava o tempo. Sabia que se Timocha corresse somente por terra, há tempos teria percorrido toda a terra e voltado para casa. Mas o filho não voltou e muito tempo já tinha se passado. Timocha fora para além da terra, partira para aquele lugar onde voam as estrelas e só voltaria quando percorresse todo o círculo celeste. A mãe saía à noite, sentava na pedra ao lado da cabana e olhava para o céu. Parecia-lhe sempre ver seu filho correndo pela Via Láctea. E dizia baixinho:

— Volte para a casa, Timocha, já está na hora... Para quê precisa das borboletas, das montanhas e do céu? Que existam as borboletas, as montanhas, as estrelas e que você esteja comigo! Porque você apanha as borboletas, mas elas morrem; você pega uma estrela, ela se apaga. Não precisa, que tudo exista, assim, você também existirá.

Naquele momento, seu filho destruía a montanha, grão por grão, de coração apertado de saudades da mãe.

Mas a montanha era imensa, a vida passou e Timocha tornou-se um velho.

* * *

Um dia chegou seu tempo. De dentro da montanha de pedras, ele ouviu o estrondo de um balde. Pelo barulho, Timocha reconheceu o balde da mãe e gritou para que o escutassem. E realmente era a mãe de Timocha que viera buscar água; agora, ela enchia somente um quarto do balde, porque não podia carregar mais.

A mãe ouviu alguém gritando da montanha, mas não reconheceu a voz do filho.

— Quem é você? — perguntou ela.

Timocha reconheceu a voz materna e respondeu:

— Mamãe, esqueci quem sou eu.

A mãe deitou-se na terra pedregosa e nela encostou o rosto.

O filho derrubou as últimas pedras da montanha e saiu para a claridade ao encontro da mãe. Mas ele não a viu, porque tinha ficado cego dentro da montanha de pedras. A velha Aníssia soergueu-se até o filho e deu com um velho diante de si. Ela o abraçou e disse:

— Eu dei você à luz, mas você partiu. Eu não criei você, não alimentei nem tive tempo de fazer carinho.

Timocha se apertou contra a mãe pequena e frágil, e ouviu seu coração bater.

— Mamãe, agora vou ficar para sempre com você!

— Mas eu envelheci, vivi um século e meio à sua espera, também você já é um velho. Morro em breve, não terei tempo de admirar você.

A mãe apertou-o contra seu peito; queria que todo o alento de sua vida passasse ao filho e que seu amor se transformasse em força e vida para ele.

Ela sentiu como seu Timocha se tornara leve. Viu que o carregava nos braços e que ele era pequeno novamente, como quando corria atrás da borboleta colorida. A sua vida então passou ao filho pelo amor.

A velha mãe deu um último suspiro feliz, deixou o filho e morreu.

1946

Iúchka

Tempos atrás, antigamente, morava em nossa rua um homem com aparência de velho. Ele trabalhava numa ferraria na grande estrada moscovita; trabalhava como ajudante auxiliar do ferreiro principal, porque enxergava mal dos olhos e tinha pouca força nas mãos. Levava água, areia e carvão para a ferraria, soprava a fornalha com o fole, segurava com a tenaz o ferro quente na bigorna enquanto o ferreiro principal o forjava, levava o cavalo para colocar ferraduras, fazia qualquer trabalho que precisasse ser feito. Seu nome era Iefím, mas todo mundo o chamava de Iúchka. Era de baixa estatura e magro; no seu rosto enrugado, no lugar de bigode e barba, cresciam aqui e acolá uns cabelos grisalhos; seus olhos eram brancos como olhos de cego e estavam sempre úmidos, como de lágrimas ainda mornas.

Iúchka morava na cozinha do apartamento do ferreiro. Ia para a ferraria pela manhã e à noite voltava para o seu lugar de pernoite. Pelo trabalho o dono lhe dava pão, *schi*[1] e mingau; o chá, o açúcar e a roupa eram por conta de Iúchka; ele tinha que comprá-los com o próprio salário — sete rublos e sessenta copeques ao mês. Mas Iúchka não tomava chá e não comprava açúcar, bebia água e usava por muitos anos a mesma roupa sem trocar: no verão, andava de calça e blusa pretas e cobertas da fuligem do trabalho, queimadas por faíscas de cima a baixo, a ponto de aparecer em alguns lugares o seu corpo branco, e descalço; no inverno, por cima da blusa, vestia ainda uma pelica curta, herdada do pai, calçava botas de feltro em que costurava um forro no outono e, sob qualquer inverno, usava este único par a vida toda.

Quando de manhã cedo Iúchka ia pela rua rumo à ferraria, os velhos e as velhas se levantavam, dizendo que Iúchka já tinha ido trabalhar, que era hora de levantar, e acordavam os jovens. À noite, quando Iúchka voltava para pernoitar, as pessoas diziam

―
1. Sopa tradicional russa de repolho fresco ou azedo, outros vegetais e, às vezes, carne. (N. da T.)

que já estava na hora de jantar e de deitar — pois Iúchka já tinha ido dormir.

Ao ver o velho Iúchka passar pela rua, caminhando tranquilamente, as crianças pequenas e mesmo as que já adolesciam paravam de brincar e corriam atrás dele, gritando:

— Saia daqui, Iúchka! Saia, Iúchka!

E pegavam galhos secos, pedrinhas e lixo do chão e atiravam em Iúchka.

— Iúchka! — gritavam as crianças. — Você é de verdade, Iúchka?

O velho nada respondia às crianças e nem se ofendia com elas; continuava caminhando devagar como antes sem cobrir o rosto, alvo das pedrinhas e dos punhados de lixo.

As crianças se surpreendiam com o fato de que Iúchka, apesar de vivo, não ficava bravo com elas. E novamente chamavam o velho:

— Iúchka, você é de verdade ou não é?

Depois as crianças lançavam nele objetos que pegavam do chão, corriam até ele, tocando-o e empurrando-o, sem entender por que ele não as xingava, não pegava uma vara para persegui-las como fazem todas as pessoas grandes. As crianças não conheciam nenhuma outra pessoa assim e pensavam — Iúchka realmente existe? Tocando-o com as mãos ou batendo nele, acreditavam que era firme e vivo.

Então as crianças empurravam Iúchka novamente e lançavam nele montes de terra — que ficasse furioso, já que realmente vivia no mundo. Mas Iúchka caminhava e calava. Então as próprias crianças começaram a se aborrecer com ele. Elas se chateavam e não achavam bom brincar quando Iúchka permanecia calado, sem assustá-las nem persegui-las. Depois empurravam o velho ainda mais forte, gritavam ao seu redor para que respondesse com raiva e elas se divertissem. Então fugiam dele para, assustadas e alegres, o provocarem novamente de longe, chamando-o, fugindo depois para se esconder no escuro da noite, nas antessalas das

casas, nas moitas dos jardins e das hortas. Mas Iúchka não as tocava nem respondia.

Quando as crianças realmente detinham Iúchka ou o machucavam muito, ele lhes dizia:

— O que é isso, meus queridos, o que é isso, meus pequenos?... Vocês certamente me amam!... Por que vocês todos precisam de mim?... Esperem, não precisa tocar em mim, vocês jogaram terra nos meus olhos, já não estou enxergando.

As crianças não ouviam e não entendiam. Como antes, continuavam a empurrá-lo e a rir dele. Elas se alegravam em poder fazer o que quisessem com ele, sem que ele nada fizesse a elas.

Iúchka também estava contente. Ele sabia por que as crianças riam dele e o atormentavam. Acreditava que elas o amavam, que precisavam dele e apenas não eram capazes de amar o ser humano nem sabiam o que fazer para amá-lo, e, por isso, o atormentavam.

Em casa, pais e mães repreendiam os filhos, quando não estudavam ou não obedeciam: "Você vai ser igual ao Iúchka! Quando crescer, vai andar descalço no verão e usar botas de feltro gastas no inverno, todos vão perturbar você e, em vez de chá com açúcar, só vai beber água!"

Os idosos, ao encontrarem Iúchka na rua, às vezes, também o ofendiam. O coração dos adultos, quando estavam passando por alguma desgraça ou tinham sido ofendidos, e ainda quando estavam bêbados, se enchia de uma raiva violenta. Ao avistar Iúchka caminhando rumo à ferraria ou ao lugar de pernoite, um adulto lhe perguntava:

— Por que você, seu esquisito, diferente de tudo, anda por aqui? O que você pensa de tão especial?

Iúchka parava, escutava e, como resposta, se calava.

— Não conhece as palavras? É um animal ou o quê? Viva simples e honestamente, como eu vivo, e não pense nada em segredo! Fale, você viverá como deve ser? Não? Pois bem! Então, tome!

Ao terminar a conversa em que Iúchka se manteve em silêncio, o adulto se convencia de que Iúchka era culpado de tudo e logo batia nele. A docilidade de Iúchka deixava o adulto ainda com mais raiva, fazendo-o bater ainda mais forte do que queria antes, e esta raiva ajudava-lhe a esquecer sua desgraça durante um tempo. Depois disso, Iúchka ficava estirado por muito tempo na poeira da estrada. Ao voltar a si, ele se levantava sozinho, às vezes a filha do dono da ferraria vinha buscá-lo, ela o ajudava a se levantar e o levava consigo.

— Seria melhor se morresse, Iúchka — dizia a filha do patrão.
— Para que você vive?

Iúchka olhava para ela surpreso. Não entendia por que deveria morrer, se nascera para viver.

— Foram os meus pais que me conceberam, era a vontade deles — respondia Iúchka. — Não posso morrer, eu ajudo seu pai na ferraria.

— Que ajudante é esse? Não é difícil achar alguém para substituir você!

— Dacha, o povo me ama!

Dacha ria.

— Você está com sangue na bochecha, na semana passada tinha a orelha rasgada e diz que o povo te ama!...

— Ele me ama sem compreender — dizia Iúchka. — Às vezes, o coração das pessoas é cego.

— O coração é cego, mas são os olhos que enxergam! — dizia Dacha. — Ande logo! Eles te amam com o coração, mas te batem calculadamente.

— Eles se zangam comigo calculadamente, é verdade — concordou Iúchka. — Não me deixam andar pela rua e machucam o meu corpo.

— Iúchka, Iúchka! — suspirava Dacha. — E você, disse meu pai, nem é tão velho!

— Que velho!... Eu sofro do peito desde a infância, foi a doença que me fez parecer gasto e velho...

Devido a essa doença, a cada verão Iúchka deixava o seu patrão por um mês. Ia a pé para uma aldeia erma e longínqua, onde, devia ser, moravam seus parentes. Ninguém sabia o grau de parentesco que eles tinham.

O próprio Iúchka tinha esquecido: teve um verão em que ele dizia que numa aldeia morava a sua irmã viúva e em outra, uma sobrinha. Outra vez dizia que ia para a aldeia, depois, que ia para Moscou. As pessoas pensavam que nessa aldeia longínqua vivia a filha amada de Iúchka, tão bondosa e supérflua às pessoas quanto o pai.

No mês de junho ou agosto, Iúchka colocava nas costas uma sacola com pão e partia de nossa cidade. No caminho, respirava o perfume das ervas e das matas, olhava para as nuvens brancas que nasciam no céu, nadando e morrendo no luminoso calor aéreo, ouvia as vozes dos rios balbuciando nos baixios de pedra, e o peito enfermo de Iúchka descansava, ele não sentia mais a sua doença — a tísica. Partindo para longe, para lugares despovoados, Iúchka não escondia mais o seu amor pelos seres vivos. Ele se curvava na terra e beijava as flores, tentando não respirar para que não se estragassem com a sua respiração; ele acariciava a casca das árvores e apanhava numa vereda as borboletas e os besouros que caíam desfalecidos, e por longo tempo olhava atentamente para seus rostos, sentindo-se órfão sem eles. Mas os pássaros vivos cantavam no céu, as libélulas, besouros e gafanhotos trabalhadores emitiam sons alegres na relva, e, por isso, a alma de Iúchka se sentia leve, no seu peito entrava o ar doce das flores, que cheiravam a umidade e a luz solar.

Iúchka costumava descansar pelo caminho. Se sentava à sombra de uma árvore na estrada e cochilava na tranquilidade e no calor. Depois de descansar e respirar no campo, não se lembrava mais de sua doença e seguia seu caminho contente, como se fosse um homem sadio. Iúchka tinha quarenta anos, mas por muito tempo a doença o havia torturado e o envelhecera precocemente, fazendo-o parecer vetusto para todos.

E assim, todo ano Iúchka partia através dos campos, florestas e rios rumo a uma aldeia longínqua ou a Moscou, onde alguém ou ninguém o esperava — nada a este respeito era conhecido na cidade.

Depois de um mês, como sempre, Iúchka voltava para a cidade e trabalhava novamente da manhã à noite na ferraria. Ele de novo começava a viver como antes e outra vez crianças e adultos que moravam na mesma rua zombavam dele, reprochavam-no pela dócil tolice e o atormentavam.

Iúchka vivia pacificamente até o verão do ano seguinte, quando colocava a sacola nas costas, punha num saquinho separado o dinheiro que tinha ganhado e poupado ao longo do ano, uns cem rublos, pendurava aquele saquinho no peito por baixo da roupa e partia não se sabia para onde nem quem visitaria.

Mas a cada ano Iúchka enfraquecia um tanto mais, porque o tempo de sua vida passava correndo, sua doença de peito torturava seu corpo e o extenuava. Num verão, chegada a época de partir para a sua aldeia longínqua, Iúchka não foi a parte alguma. À noite, já escuro, ele andava como sempre da ferraria para seu lugar de pernoite. Ao avistar Iúchka, um alegre transeunte que o conhecia riu dele:

— Por que você anda pisando a nossa terra, espantalho de Deus? Se ao menos morresse, talvez até fosse mais divertido sem você, mas confesso que tenho medo de ficar entediado...

E Iúchka se zangou — provavelmente, pela primeira vez na sua vida.

— Qual é o problema, no que estou incomodando? Foram meus pais que me puseram nesta vida, nasci de acordo com as leis, o mundo todo precisa de mim tanto quanto de você, quer dizer, sem mim também não é possível!...

O transeunte, sem acabar de ouvi-lo, zangou-se:

— Mas o que é isso?! Aprendeu a falar? Como ousa se comparar a mim, seu imbecil imprestável!?
— Eu não estou comparando — disse Iúchka —, mas somos igualmente necessários...
— Não venha aqui se fazer de sabichão! — gritou o transeunte.
— Eu sou mais sábio do que você! Veja só as suas conversas, vou te dar uma lição de inteligência!
Brandindo, com a força da raiva, o transeunte deu um empurrão no peito de Iúchka, que caiu de costas.
— Descanse um pouco — disse o transeunte e foi para casa tomar chá.
Ainda deitado, Iúchka virou o rosto para baixo e não se mexeu nem levantou mais.
Pouco tempo depois, passou por perto um homem, o marceneiro da oficina de móveis. Ele chamou Iúchka, depois o virou e viu seus olhos brancos e abertos imóveis na escuridão. A sua boca era roxa: o marceneiro limpou os lábios de Iúchka com a palma da mão e entendeu que era sangue coagulado. Ele tocou ainda o lugar onde estava apoiada a cabeça de Iúchka e sentiu que o chão lá estava úmido, coberto pelo sangue de Iúchka que jorrara da garganta e cobrira o chão.
— Morreu — suspirou o marceneiro. — Adeus, Iúchka, e perdoe a todos nós. Você foi condenado pelas pessoas, mas quem pode julgá-lo?...
O dono da ferraria preparou Iúchka para ser sepultado. Dacha, a filha do dono, banhou o corpo de Iúchka, que foi colocado em cima de uma mesa na casa do ferreiro. Todo mundo veio se despedir do defunto, velhos e jovens, todos que o conheciam, zombavam dele e o torturavam enquanto vivia.
Depois sepultaram Iúchka e o esqueceram. A vida das pessoas, no entanto, piorou sem ele. Agora, toda a maldade e escárnio permanecia e se gastava entre elas, porque não havia mais o

Iúchka para aturar docilmente o mal, a sanha, a zombaria e a hostilidade alheia.

Só voltaram a se lembrar de Iúchka já no alto outono. Num dia escuro e sombrio, veio uma moça até a ferraria e perguntou ao dono-ferreiro onde poderia encontrar Iefím Dmítrievitch.

— Que Iefím Dmítrievitch? — surpreendeu-se o ferreiro. — Nunca tivemos aqui ninguém com esse nome.

A moça, entretanto, não foi embora ao ouvir isso e, em silêncio, ficou à espera de algo. O ferreiro olhou para ela: que visitante lhe tinha trazido o mau tempo. A moça tinha aparência débil, de baixa estatura, mas seu rosto suave e puro era tão meigo e dócil, seus grandes olhos cinzentos olhavam com tanta tristeza, como se estivessem prontos para se encher de lágrimas, que o coração do ferreiro se acalmou e, olhando para a visitante, de repente, adivinhou:

— Não será o Iúchka? É isso, no documento ele tinha o patronímico Dmítrievitch...

— Iúchka — sussurrou a moça. — É verdade. Ele próprio se chamava de Iúchka.

O ferreiro ficou em silêncio.

— E você é o quê dele? Alguma parente?

— Não sou ninguém. Eu era órfã, e Iefím Dmítrievitch me entregou pequena a uma família em Moscou, depois me enviou para um internato... Todo ano ele vinha me visitar e trazia dinheiro para o ano inteiro, para que eu pudesse viver e estudar. Agora eu cresci, já terminei a universidade, mas no último verão Iefím Dmítrievitch não veio me visitar. Diga-me, onde ele está? Ele me disse que trabalhava na sua ferraria há vinte e cinco anos...

— Passou mais da metade de meio-século, envelhecemos juntos — disse o ferreiro.

Ele fechou a ferraria e levou a visitante ao cemitério. Lá, a moça caiu na terra onde jazia o finado Iúchka, o homem que a alimentara desde a infância, que nunca comera açúcar para que ela pudesse comê-lo.

Ela sabia sobre a doença de Iúchka e agora, ela própria, formada médica, veio para cá para curar aquele que a amou mais do que qualquer coisa no mundo e a quem ela amava com todo o calor e a luz de seu coração...

Desde então, muito tempo se passou. A moça-médica ficou para sempre em nossa cidade. Ela passou a trabalhar no hospital para tísicos, ia nas casas em que havia tuberculosos e não cobrava ninguém pelo trabalho. Agora, ela própria envelheceu, mas continua tratando e consolando os doentes; sem se cansar, apazigua o sofrimento e afasta a morte dos enfraquecidos. Todo mundo na cidade a conhece e a chama de filha do bondoso Iúchka, tendo se esquecido há muito do próprio Iúchka e de que ela não era a sua filha.

1935

O curso do tempo

Nos arredores de Tiflis[1], não faz muito tempo, há uns vinte anos, havia uma pequena casa construída de barro e coberta de lajes de pedras ordinárias da montanha; dentro dela havia um quarto de chão batido, e lá, sentada numa mesa de madeira, uma mulher jovem e triste costurava um tecido branco. Na mesa ardia uma lâmpada de querosene dia e noite, porque num banco ao lado da parede vivia acamada a mãe da costureira, uma velha debilitada e cega. A velha olhava para a luz do fogo com os olhos vagos e mortos e o sentia, ela gostava dele, como consolo, como a voz brilhante de um mundo sombrio. A filha amava a mãe, e o dinheiro que gastava com querosene era às custas de trabalhar mais e fazer economia com a comida. Ninguém a visitava, não tinha conhecidos que gostassem dela e a distraíssem, por isso, de vez em quando, sorria para si mesma, não se sabia o porquê: talvez, porque o coração não suportasse a tristeza permanente e, às vezes, fosse capaz de endireitar-se e espreguiçar-se sozinho. Ela ainda guardava um encanto feminino e humano, mas a fadiga e a penosa necessidade, como a velhice, já enevoavam seu rosto, tornando-o invisível ou sem interesse a todas as pessoas.

A cada três dias a costureira levava o trabalho para a cidade e buscava material; ela então — durante a viagem — descansava, observava a natureza e os transeuntes, diversos objetos alheios, as montanhas altas e, para se sentir feliz, imaginava em seu interior uma outra vida, diferente da sua.

No quintal e nos arredores da casa, sua filha, uma menina de onze anos chamada Tamara, corria e brincava. A menina vivia sozinha, como órfã, porque sua mãe não tinha tempo de brincar com ela; a mãe mal conseguia trabalhar para dar de comer à filha e à velha, tinha tanta pressa em costurar que esquecia de sentir o seu amor pela filha, o pão lhe parecia mais importante do que a maternidade.

---
1. Nome da capital da Geórgia até 1936, atual Tbilissi. (N. da T.)

À noite, Tamara voltava para o quarto. A mãe estendia-lhe a cama no chão, debaixo do banco em que a avó cega estava deitada, e a filha adormecia. A noite inteira a lâmpada iluminava o seu rosto, a noite inteira uma luz ficava acesa numa janela de Tiflis, e uma mulher jovem costurava tecidos brancos com suas mãos pálidas, preparando roupas e adornos para todos os adormecidos e ricos. Ao redor da moradia, imóveis a noite toda, estavam as montanhas do Cáucaso. De dia, na hora do sol, pareciam se afastar; por elas se via esvaecerem a luz e o tempo.

De manhã, Tamara comia uma panqueca de trigo com chá preto, depois molhava outra panqueca num pires e dava à avó cega para comer. A velha, depois de comer, olhava de novo com olhos mortos para a lâmpada acesa, aquecendo o rosto com sua luz fraca; então voltava a dormir e morrer. A filha passava todo o dia sozinha ao lado da lâmpada e costurava — às vezes até a meia-noite, às vezes até de manhã.

Tamara se escondia em seus assuntos de criança, mas com isso não se divertia; aos onze anos, já vivia pela inteligência de todos os pobres — a imaginação. Quando via um brinquedo nas mãos de uma amiga, ela, sem se aproximar, pensava secretamente que era seu, que já o tinha em suas mãos e se deleitava de alegria com ele. Se uma moça russa estivesse andando de bicicleta, Tamara imaginava que a bicicleta era dela e, escondendo-se num beco, tocava o ar com as mãos no lugar em que estava a sua bicicleta. Ela se apropriava de tudo que gostava no mundo, tudo o que podia amar o seu coração curioso e pobre, incapaz de viver vazio e constantemente necessitado de alguma coisa sua. Certa vez, Tamara viu um quadrinho velho e abandonado num quintal, naquele quadro estava pintada uma pequena montanha, no meio de uma tarde distante, coberta por uma floresta escassa, à beira da qual havia uma pequena isbá, onde já haviam acendido a lâmpada. Tamara começou a imaginar um sonho em que ela em breve moraria nessa isbá, que seria a sua casa, e que toda a montanha e floresta seriam o seu reino e país, onde ela ficaria bem.

Uma vez a velha cega sozinha fechou os olhos e pediu à filha que apagasse a lâmpada e não queimasse mais o querosene. Era um dia de verão. A costureira apagou a lâmpada e aproximou-se da mãe.

— Me vire — pediu a velha.

A filha pôs a mãe de rosto para a parede e a velha morreu.

A costureira apagou a lâmpada e sentou-se para costurar novamente, mas reparou que se desabituara de enxergar sem a lâmpada: seus olhos lacrimejavam e sofriam. Ela então acendeu novamente a lâmpada, a luz do sol na pequena janela já não lhe era mais necessária.

Meio ano depois, a costureira comprou uma segunda lâmpada, a luz de uma só não lhe era mais suficiente, mas os seus olhos estavam perdendo a sensibilidade cada vez mais, ela estava ficando cega e trabalhava agora somente sob encomendas ocasionais. As lojas recusavam o seu trabalho, porque ela confundia o desenho na costura e não enxergava o tamanho certo.

Agora Tamara comia apenas uma vez ao dia, e não era mais uma panqueca de farinha de trigo, mas de milho: o que lhe faltava, ela acabava por saciar-se na relva, na qual cresciam sob as folhas pãezinhos doces.

À noite, Tamara vendava os olhos da mãe com um lenço, para que não lacrimejassem, e ela mesma começava a costurar, mas não sabia como e estragava o tecido.

— Tamara, não temos nada para comer amanhã — dizia-lhe a mãe de olhos vendados. — Retire o querosene da lâmpada e vá vendê-lo.

— Não precisa — disse Tamara. — Me ofereça em casamento. O marido me dará de comer, comerei até me saciar e trarei as sobras para você. Assim, estaremos vivas novamente.

Mas a mãe não queria oferecer Tamara em casamento; ela ainda costurava, levando os trabalhos para a luz do dia, porque não tinha com o que comprar querosene. Dos seus olhos escorria pus, ela os enxugava com um pano branco. Tamara lavava então as manchas verdes das blusas preciosas, mas, mesmo assim, vestígios de manchas ainda permaneciam e as clientes pararam definitivamente de fazer encomendas à costureira cega.

Tamara, nessa época, se esquecia de imaginar algo para a felicidade e paz de seu coração, ela vivia infeliz e aborrecida, ocupada com a colheita dos pãezinhos comestíveis na relva. Era preciso colher milhares deles para dar à mãe e poder ela mesma também comer um pouco, caso contrário seria a morte.

Certo tempo depois, a mãe de Tamara achou tateando um bastão no quintal e foi ter com os vizinhos. Ela dizia-lhes que queria oferecer Tamara em casamento e perguntava se não teriam eles algum noivo em mente.

À noite, apareceu um velho para ver Tamara, ele conversou com a costureira, depois provou com as mãos o corpo da menina e concordou em casar-se com ela. Prometeu voltar no dia seguinte e trazer um vestido longo para a noiva, depois seria o casamento.

Tamara dormiu à noite e de manhã fugiu para o porão, onde morava uma raposa em seu covil. Tamara expulsou a raposa, entrou no covil e de lá não saiu o dia inteiro; há tempos ela não crescia, devido à fraqueza, e era magra, por isso cabia inteira no covil, deixando apenas as pernas para fora. A mãe e o velho noivo andavam, procuravam-na por toda parte até que o velho reparou numa raposa sem abrigo que não sabia onde se meter. Então, perguntou à costureira por que esta raposa mansa andava sem lugar. A mãe de Tamara entendeu e mostrou ao velho onde procurar por ela, e rapidamente o velho tirou a menina do covil da raposa pelas pernas. Tamara ficou com a impressão de que o velho não tinha queixo; isso a fez chorar, porque na sua imaginação ela queria amar seu marido por algum motivo e já o via antecipadamente como seu objeto predileto, como a bicicleta alheia, a boneca e o quadrinho com a pequena isbá na montanha.

Já de noite a costureira começou a vestir Tamara com o vestido longo trazido pelo velho, escondendo e enrolando o seu corpo dos olhares de todos para sempre, em nome do marido, e mandou-a chorar.

Mas Tamara não sabia por que devia chorar. Ela pensava que já na manhã seguinte seu marido começaria a alimentá-la e adormeceu, imaginando e inventando o que significava o amor.

Depois do casamento, Tamara ficou sozinha na casa rica do marido. O próprio velho a despiu e colocou-a para dormir numa cama grande. Depois, começou a tocá-la e dizer pequenas palavras meigas. Tamara olhava para o velho em silêncio, surpreendida com sua tolice.

— Você está brincando comigo? Pensa que eu sou sua? — perguntou Tamara.

— Sim, estou brincando — disse o velho. — Por que você é assim, tão tola?

— Por nada. Ainda sou pequena, não estou acostumada a viver.

A mãe de Tamara vivia separada e o velho não permitia que ela visitasse a filha. Todo dia Tamara levava comida às escondidas para ela; quando o marido soube e ficou ofendido, Tamara arranhou-lhe o pescoço à noite, e ele deixou de se ofender. Um ano depois, o corpo de Tamara cresceu, algo se mexia e batia dentro dele — ela pensava que logo explodiria e morreria. Ela chorava e lutava com esse ser invisível e assustador que se estabeleceu no covil de seu corpo e o roía por dentro, sugando-lhe o sangue e a força, sem deixar nada para Tamara: nem sentimento, nem coração nem pensamento. Às vezes, zangada e fraca, ela dava socos na barriga e dizia: "Saia rápido daí, diabinho, senão morrerei e você não conseguirá viver!"

De repente, no meio de um dia, ela se sentiu mal, como se dentro dela alguém pegasse todos os seus tendões de uma vez e começasse a estendê-los. Ela saiu correndo para o quintal, começou a rolar pela relva até esquecer que estava viva. Ela voltou a si na cama, rodeada de gente, sentindo-se bem e vazia, porém saudosa do tormento habitual. Falaram-lhe que ela deu à luz duas meninas: uma morta, outra viva.

Naquela altura, Tamara tinha treze anos. Desde então, passou a brincar com a sua filha e dormia as noites ao lado dela; o velho marido, com ciúmes de receber poucas carícias da mulher, certa vez jogou em Tamara uma lâmpada, mas essa bateu na cabeça da esposa e se apagou. De noite, não importava o quanto a criança gritasse pedindo para mamar, Tamara não conseguia acordar, até que a menina cresceu um pouco e aprendeu a cravar as mãos nos olhos da mãe, abrindo-lhe as pálpebras sonolentas. Tamara então acordava, amamentava e beijava a sua filha: ela gostava que a menina também sabia pensar e se surpreendia que ela estivesse viva. De dia, Tamara levava a filha para brincar com suas amigas e lá enfeitava a criança com o objeto das brincadeiras: uma boneca, uma velhinha, uma mãe ou uma filha. A criança logo se habituou com todas as brincadeiras e se entretinha tal como a mãe e as amigas.

A mãe de Tamara agora ficava muitos dias sem comer, porque a criança às vezes adoecia e Tamara não podia se ausentar; nessas ocasiões, Tamara adiava as visitas à casa da mãe, consolando-se de que as velhas aguentam muito tempo sem comida e não morrem logo. Mas a mãe de Tamara não aguentou, pegou o bastão e foi visitar a filha: ela andou o dia inteiro e não conseguiu chegar — se perdeu nos becos, foi parar no meio da urtiga num quintal alheio, começou a se debater, enfraqueceu e permaneceu deitada na relva densa por dias; lá foi encontrada quando já estava morta.

O marido de Tamara queria o tempo todo que a esposa lhe desse um filho e se irritava porque ela não dava à luz uma nova criança. Julgando-a culpada, ele começou a espancá-la e castigá-la. A filha de Tamara, também chamada Tamara, aprendia a falar um pouco — ela via como o velho ofendia sua amiga mais velha e aconselhava:

— Tamara, vamos brincar, não vamos ficar aqui. Você mesma disse que o vovô é um filho da puta. Não precisamos morar aqui.

A pequena Tamara não dizia a palavra "mamãe".

Uma noite, extenuado pela doença de seu amor, o velho golpeou com um punhal o quadril de Tamara, numa paixão maliciosa e fútil, mas o punhal estava cego e nada aconteceu. Pela manhã, Tamara retirou um dinheiro da cômoda, pegou a menina pela mão e foi até a estação. O marido ainda dormia, sua alma tinha se apagado pelo esgotamento do amor, e a superfície de seu corpo estava imóvel e fria, como a de um defunto.

Outras meninas haviam contado para Tamara que em algum lugar existia a Rússia e que era possível partir para lá de trem. Lá, as mulheres podiam viver sozinhas, não era preciso amar ninguém, e ninguém a encontraria ou reconheceria.

Na estação, Tamara pediu:

— Me dê uma passagem para a Rússia.

Deram-lhe uma passagem para Rostov e ela partiu de Tiflis com a filha.

Em Rostov lhe disseram que a Rússia não era ali, que ficava ainda mais longe. Tamara chorou por ter que ir muito mais, mas seguiu viagem e chegou a Moscou.

Em 1918, Tamara desembarcou na estação de Kazán, em Moscou: ela tinha então cerca de dezesseis anos e a pequena Tamara tinha três. De russo Tamara não sabia nada, sentou-se na plataforma e começou a chorar. Ela era habituada a conversar assim com as pessoas quando a vida era incompreensível. Muitos a rodearam, fazendo-lhe perguntas e consolando-a — não o faziam por ela mesma, mas por competirem entre si com suas bondades.

Enviaram Tamara para trabalhar numa fábrica de roupas e sua menina para um orfanato. No orfanato, às vezes davam comida, às vezes não. Se a pequena Tamara realmente tivesse fome e temesse a morte, andaria pelas ruas de Moscou e pediria aos policiais que lhe dessem algo para comer. Uns deles levavam-na para comer numa cantina, outros somente a mandavam embora. A cada cinco dias sua mãe ia ao orfanato e pedia à filha que tentasse viver de alguma maneira; se ela morresse de fome, a Tamara mais velha ficaria muito entediada.

Dois anos depois, a pequena Tamara começou a aprender a ler e escrever, e sua mãe se tornou mestre na fábrica de roupas. A fome agora havia diminuído, a Tamara mais velha engordado e voltado a crescer o que não pudera crescer em Tiflis, e a pequena Tamara havia inchado e dobrado de tamanho.

Deram o apartamento de um príncipe georgiano para a Tamara mais velha, e ela retirou a filha do orfanato. Certa vez, seu velho marido apareceu: ele estivera à procura dela aqui e acolá durante muito tempo. Tamara jogou nele um punhal do príncipe georgiano, e o velho fugiu.

Depois de aprender a ler e escrever, a Tamara mais velha entrou na escola técnica, e a pequena, na escola preparatória da fábrica. Ao terminarem essas escolas, as duas Tamaras ingressaram em escolas técnicas superiores diferentes: a menor queria ser mecânica, e a mais velha — operária têxtil, em memória da mãe e a serviço da pátria.

Em 1934, as duas Tamaras se tornaram engenheiras: uma estava dentro dos trinta e dois anos, a outra — dos vinte. Elas se pareciam e eram bonitas. Seus noivos ficaram por muito tempo em dúvida diante da escolha, sem chegar a uma decisão e extenuando a alma à toa. Tamara menor não se recordava de Tiflis, não tinha nenhuma consciência de suas primeiras memórias, agora apagadas, e vivia somente do futuro. Mas a mais velha se lembrava de tudo: ela havia comprado uma lâmpada de querosene e às vezes se sentava diante dela. Ela ainda tinha viva a imaginação — a inteligência dos pobres: e se a razão se voltava para o futuro, os sentimentos eram capazes de retornar ao passado, que se distanciava mais e mais, penoso como a luz da lâmpada diante dos olhos que iam ficando cegos.

1935

DE BOM CORAÇÃO

Avdei Vassílievitch amava sua mulher e seu filho. Antes, eles também o amavam, mas, nos últimos tempos, haviam deixado de amá-lo. Por isso, a vida de Avdei Vassílievitch depois de velho tornou-se enfadonha em sua isbá. Ele já tinha setenta anos, mas não falava para ninguém da sua fraqueza de velhice e trabalhava, de inverno a inverno, no *kolkhoz*[1].

O filho de Avdei Vassílievitch se tornara adulto fazia tempo, já havia se casado e ficado viúvo, e mesmo começado a envelhecer, mas vivia com os pais na mesma isbá desde que nascera, nunca quis separar-se, e agora já era tarde. A velha esposa de Avdei Vassílievitch, Avdótia Zakhárovna, era uma camponesa bondosa e trabalhadora; ela amava sua família, seu quintal e sua isbá, construída por seu avô havia cem anos, e, além disso, não amava nada mais. Parou de respeitar seu marido, Avdei Vassílievitch, porque, segundo ela, depois de velho virou bandido.

Realmente, pouco tempo antes, Avdei Vassílievitch havia levado escondido uma lâmpada nova de casa. Só depois de uma semana é que Avdótia Zakhárovna foi descobrir a verdade. Ocorre que o velho havia levado a lâmpada para a estrebaria: lá, ao que parece, se tornara escuro para os cavalos mastigarem. Dessa vez, Avdótia Zakhárovna resignou-se com o prejuízo na economia doméstica, achando que seu velho recuperaria a razão e não levaria mais os bens da casa.

Mas Avdei Vassílievitch não se aquietou. Desmontou uma dependência de madeira que servia de depósito, levou, de trenó, todas as tábuas para algum lugar nas profundezas do *kolkhoz*, e com elas construiu um banheiro público. Naquele dia, Avdótia Zakhárovna foi à feira na cidade; ela voltou à noite e viu a devastação em casa: não havia mais depósito, e tudo que havia dentro dele, agora estava na rua. Lá se encontravam um arado, um baú com roupas velhas, um jogo de rodas de carruagem e vários

---
1. Fazendas coletivas organizadas sob a forma de cooperativas de camponeses na União Soviética. (N. da T.)

objetos que, de tão antigos, já não tinham rosto, e, por isso, não se sabia o que eram. Mas Avdótia Zakhárovna guardava esses bens: talvez pudessem ser úteis um dia, talvez o mundo desse uma reviravolta e um arado fosse de novo necessário.

Ela logo adivinhou quem havia saqueado a isbá, e seu coração se encolheu de desgosto.

— Para onde estava olhando? — Avdótia Zakhárovna reprochou seu filho. — Não está vendo que seu pai perdeu o juízo? Você podia endireitá-lo um pouco, encurtar as rédeas!

— Ele é meu pai, não é certo eu endireitá-lo — respondeu o filho —, e nem temos rédeas...

— Não é certo! — disse a mãe, sentando-se na varanda e começando a chorar. — E é certo saquear sob o poder soviético? Como é que se vai prosperar, se o velho leva tudo embora de casa?...

Avdei Vassílievitch voltou para a isbá ao anoitecer. De início, Avdótia Zakhárovna não lhe disse nada, mas depois falou:

— Vai dormir sem comer? Jante, homem perdido.

Avdei Vassílievitch ficou calado e obedeceu: jantou primeiro, depois se deitou e, ao dormir, tentou não roncar.

Dois dias depois, uma pá de madeira e um forcado sumiram do quintal ao mesmo tempo.

— Devem estar querendo tirar a neve do curral — pensou Avdótia Zakhárovna —, depois vão levar o esterco para a horta. No inventário do Estado está faltando ferramentas, então pegam dos outros com as mãos desse meu tolo... Não dá para compreender esse absurdo!

Ela foi se queixar ao presidente do *kolkhoz*. O presidente, Piotr Savélievitch, ouviu Avdótia Zakhárovna, acariciou a barba e anunciou:

— Nosso *kolkhoz* não passa necessidade. Nós não pedimos ao seu marido que trouxesse seus bens para cá. Isso ele faz por zelo e afinco, de bom coração. Nesse caso, não deliberamos aqui, que ele cuide da causa comum, já que tem uma consciência progressista.

Ao ouvir o presidente, Avdótia Zakhárovna decidiu o seguinte sobre ele: "Esse aí, ou é um bandido igual ao meu, ou tem a mente fraca". E disse ao presidente:

— E o meu velho tem consciência? Que consciência ele pode ter se não tem mais do que as sobrevivências do *kolkhoz*[2]? É tudo o que tem na cabeça!

— Sobrevivências do *kolkhoz*! — disse o presidente com ar contemplativo. — Mas é o que é o mais caro para nós, essa sobrevivência do *kolkhoz*!

Avdótia Zakhárovna olhou para esse homem e disse para si: "O que dizer para ele, se não usa a própria razão, se todos se tornaram raivosos e levianos?"

Ela foi para casa, achando que seria melhor fechar os olhos e morrer.

Ela parou de conversar com Avdei Vassílievitch, o velho também não falava com a esposa, ficava sentado, calado e pensativo quando voltava para casa depois do trabalho no *kolkhoz*.

— Está pensado na radiante vida? — perguntou por fim Avdótia Zakhárovna.

— E no que mais? Nela, sim — concordou Avdei Vassílievitch.

— Você também pensa nela. Só que a sua radiante vida está na escuridão: na despensa, que ficou por séculos abandonada, no porão escuro, num galpão qualquer ou num quintal cheio de bardanas...

— Pois é, pois é! — zangou-se Avdótia Zakhárovna. — Veja só, que radiante, você! Mas a sua lâmpada você levou para outro lugar...

— Não sou radiante! — disse Avdei Vassílievitch. — Sou mais ou menos. Passei a vida cercado num quintal, a alma mofou, só agora começa a reviver...

---
2. Aqui, o autor cria um jogo de palavras: após a Revolução de 1917, se falava muito sobre a luta contra as sobrevivências do passado, referindo-se à burguesia, com seus costumes e tradições. (N. da T.)

— Mas não foi no *kolkhoz*? — procurou saber Avdótia Zakhárovna.

— Não me toque, velha! Agora quero viver uma vida boa com todas as pessoas queridas! — zangou-se Avdei Vassílievitch.

— Pois viva, viva — disse a esposa. — Eu prefiro terminar a minha na casa de minha irmã...

Pouco depois, quando Avdei Vassílievitch levou do quintal uma sacola com sementes, Avdótia Zakhárovna foi para a casa de sua irmã, na cidade. E decidiu ficar lá até sua morte.

Mas a morte não chegou logo, e o coração, habituado à casa e à família, ficou saudoso, apesar de todos os esforços de Avdótia Zakhárovna para aguentar a ansiedade. No final da primavera, a dona de casa voltou para a sua aldeia.

No telhado da velha e querida isbá havia uma bandeira vermelha hasteada, e no interior agora funcionava a creche do *kolkhoz*.

— O que aprontou o meu sobrevivente? — afligiu-se Avdótia Zakhárovna. — Me ausentei da isbá e agora não tem lugar para ficar nem um instante!

Uma mulher desconhecida, que parecia ter vindo da cidade, saiu da isbá com ares de importância, como se há muito fosse a proprietária dali.

— Mas onde está meu Avdei Vassílievitch? — perguntou-lhe Avdótia Zakhárovna.

— Avdei Vassílievitch, o sobrevivente?

— Sim, o sobrevivente — concordou Avdótia Zakhárovna. — Mas você não pode chamá-lo assim, devia era se curvar aos pés dele, ele é o maior *kolkhoziano* da aldeia, emprestou ao povo os bens e a alma... E você o chama de sobrevivente!

A desconhecida se calou.

— Atualmente, Avdei Vassílievitch é o presidente — disse ela. — Ele foi para um campo distante, e o filho trabalha como ajudante do correeiro.

— Vocês vão ficar emporcalhando a minha isbá ainda por muito tempo? — perguntou Avdótia Zakhárovna.

— Até o outono, minha cara — respondeu a mulher.

Avdótia Zakhárovna andou pelas redondezas, pelo campo aberto, e pela primeira vez na vida sentava-se na grama, livre, sem pensamentos e preocupações sobre a casa e os afazeres, ouvia como as cotovias cantavam no céu enevoado, úmido e quente. "A mulher da cidade trabalha na creche — pensou Avdótia Zakhárovna, sem querer —, certamente está gastando as provisões em vão — vê-se que não é experiente." Depois continuou sentada no silêncio da natureza cálida e, ofendida, lamentou ter se ausentado por tanto tempo da aldeia e ninguém ter se lembrado dela — todos estavam ocupados. Aqui se morre, enterram e logo se esquecem: todos têm muitas preocupações, e nem todas cabem no coração.

Avdótia Zakhárovna voltou para sua isbá. A mulher de antes saiu com um balde de zinco e despejou algo no chão. Avdótia Zakhárovna aproximou-se, inclinou-se e observou o que ela havia despejado no chão. Eram restos de uma sopa de cevadinha. "Eis aqui as nossas jornadas de trabalho[3] sendo absorvidas de volta pela terra! — pensou Avdótia Zakhárovna. — O que está acontecendo?"

Avdótia Zakhárovna esperou pelo marido e o obrigou a contratá-la como cozinheira da creche.

Avdei Vassílievitch não se decidiu imediatamente.

— Mas vai nos atender? — perguntou o presidente. — Quando é necessário, de um parente, eu cobro em dobro.

— Veja só você, o sobrevivente! Me assustou! — zangou-se Avdótia Zakhárovna.

Avdei Vassílievitch sorriu.

— Até quando vai trabalhar no *kolkhoz*? A creche ficará até o outono, e depois?

---

3. Unidade de medida usada até 1966 nas fazendas coletivas da União Soviética. (N. da T.)

— Não vou prejudicar ninguém — disse a velha camponesa.
— Ficarei com vocês até que o povo me devolva tudo o que pegou emprestado: a lâmpada, o forcado, a despensa, a isbá, você, velho-sobrevivente, e ainda adiciono algo mais. Somente então meu coração vai se acalmar completamente, antes disso, minha alma não sossegará...
Avdei Vassílievitch olhou para sua velha.
— No outono, vamos começar a construir dez novas isbás. Assim ficou decidido na reunião geral, e mandaram construir uma nova isbá também para a gente. A madeira já foi reservada, só estou esperando que o povo tenha um pouco mais de folga.
Avdótia Zakhárovna fez um cálculo na cabeça e disse para seu velho:
— Então, tudo bem... Não precisamos de uma despensa velha, se teremos uma nova isbá de graça. Quem sabe chegou a minha hora de virar uma sobrevivente?
E foram, como de hábito, para a isbá deles, onde agora funcionava a creche.
— Vamos, vou preparar o jantar para você — disse Avdótia Zakhárovna. — Senti saudades na casa dos outros.

1941

Toda a vida

No fundo de nossa memória guardam-se sonhos e realidade. E com o passar do tempo, acontece de não ser mais possível distinguir o que aconteceu de verdade do que era sonho — sobretudo se já passaram muitos anos e a lembrança retorna à infância, à luz longínqua do início da vida. Nas memórias da infância, o mundo há muito passado permanece inalterável e imortal... Uma árvore crescia em algum lugar na beira do bosque, nos arredores de sua terra natal, iluminada pelo sol do meio-dia em algum mês de junho; a luz do céu se espraiava na grama, e a sombra das árvores, pela agitação do calor, tremia silenciosamente pela terra coberta de ervas e iluminada, quase como se fosse possível ver como respira a luz do sol.

Para Akim, um menino de dez anos, era cansativo e entediante ficar sentado debaixo daquela árvore, mas no seu coração vivia por si só um sentimento tranquilo e feliz, alimentado pelo calor da terra, pelo céu azul, pela luz do sol que pairava sobre os campos distantes e pela imaginação de todo este mundo visível, ainda insólito, dentro da própria alma infantil, como se a grama crescesse, a luz iluminasse e o vento tocasse não fora, mas agitasse dentro do corpo de Akim — ele se interessava em viver por eles e imaginar o que pensam e querem o vento, o sol e a grama. Na infância, todo o mundo pertence à criança, e Akim transformava tudo o que via em sua própria vivência, pensando em si como se fosse a árvore, a formiga ou o vento, para adivinhar para que vivem e por que estão bem. A mãe mandava-lhe passear e não voltar até o almoço ou, melhor ainda, até o jantar, para que Akim não pedisse para comer antes da hora... Akim ficava ofendido: "Nem voltarei mais, que vivam sem mim, ou voltarei quando estiver velho, quando vocês todos estiverem mortos, e eu ficarei sozinho". Além dele, a mãe de Akim tinha muitos outros filhos, estava farta da miséria e da família, e disse ao filho:

— Você acha que nos ofende? Que vamos chorar? Vá para onde quiser — não preciso mais ver você!

E Akim saiu da casa; ele gostava de andar pelos arredores do quintal, nos campos largos, nos arbustos, pela encosta do grande barranco, coberto pelo arvoredo de bétulas, e sempre encontrava lugares misteriosos e contemplativos, onde nunca estivera.

Levado pelo interesse e pela curiosidade, em silêncio, como se estivesse cochilando, o pequeno Akim andava pela natureza. Ele chegou até um campo distante, que ficava acima do rio Stáraia Sosná[1]. Havia uma festa de verão, as pessoas brincavam de roda no campo, à beira de um bosque, tiravam ramos com folhas, colhiam flores perto de onde o trigo crescia, e faziam coroas. Elas cantavam, davam as mãos e uma outra mãe, que cheirava a flores, roupas novas e rosto quente — diferente do cheiro da mãe de Akim —, essa outra mulher pegou Akim no colo e começou a beijá-lo, a brincar com ele e a rir, e depois lhe deu pãezinhos doces para comer. Aqui, um outro vilarejo estava em festa: no vilarejo de Akim, não semeavam o trigo e não assavam pão branco[2], mas comiam pão preto[3], batata e cebola. Até o pôr do sol, Akim ficou entre as pessoas estranhas, olhando para os seus rostos desconhecidos e queridos, ouvindo a música tocada na sanfona e esquecendo da sua casa. Ele estava sentado num barranco às margens do rio. Na outra margem havia prados, e, através do rio, Akim via como na terra e no céu o dia findava ao longe — a luz transformava-se sob o nevoeiro numa tarde azul, numa noite grande e assustadora, em que já relampejava sobre a grama alta, caída no orvalho sonolento.

Chegara a hora, já era tarde e Akim devia voltar para casa, mas não queria, pensava em ficar para sempre ali, aonde chegara. Uma mulher grande, alegre e descalça de outra aldeia pegou Akim pela mão e o levou embora, para que o pequeno fosse dormir em casa. A mulher o conduziu até o limite entre as aldeias e o deixou lá, de onde ele próprio encontraria o caminho até sua aldeia. Akim

---
1. Velho Pinheiro (N. da T.)
2. Pão de farinha de trigo. (N. da T.)
3. Pão de farinha de centeio. (N. da T.)

sabia que ali começavam as terras de sua aldeia, mas não foi para a casa. "Ainda não está na hora" — disse para si mesmo; ele não queria partir daquele lugar que tanto gostava, e olhou para trás, em direção à mulher.

A mulher desconhecida voltou para os seus, correndo com suas pernas grandes pela grama úmida da noite. "Gorda, farta — pensou Akim sobre a mulher. — Comem as provisões... Não vou para casa, já vi meus pais o suficiente, ainda vou ter oportunidade. Vou retornar para junto dos outros, eles vão para as suas casas, vou com eles, vão me receber como convidado e vou me saciar com pãezinhos brancos e panquecas: a pança vai ficar parecendo um tambor, logo vou crescer, ficar grande, vou partir para terras longínquas... Não, ainda vou esperar para ir à aldeia, que eles primeiro me esqueçam, vou atrás deles. Caso contrário, esta mulher gorda vai se lembrar de mim e me mandar embora: 'Você veio novamente, notívago, saia daqui!' É melhor esperar... Depois, farei uma visita, pedirei para ficar por uns quatro ou cinco dias. Que sobre mais pão em casa, pai e mãe vão comer melhor e a minha parte vai ficar para os irmãos e irmãs Panka, Dunka, Senka e Filka, ninguém na nossa isbá vai brigar ou xingar com palavras sujas."

Akim sentou-se sob o centeio amadurecido e velho e tocou cuidadosamente a espiga com as mãos. Depois, inclinou esta espiga, observando-a: os grãos úmidos e tenros do centeio amadureciam na espiga. Akim achou que eles deveriam ser assim mesmo porque a chuva é limpa, o orvalho também, ainda assim o pão assa preto e azedo no forno, nada parecido com aquele centeio claro.

Escurecia nos campos e no céu, sentia-se o cheiro da terra úmida e sonolenta e das flores, que curvaram suas cabeças altas sobre os ombros da grama vizinha. Akim olhou para o centeio — suas espigas cochilavam —, ou seja, o pão também estava com sono, e, pensativo, Akim encostou a cabeça num monte de terra lavrada para cochilar junto com a grama e o centeio.

No céu, as estrelas se iluminaram. "Elas acordaram e estão olhando! — disse Akim ao ver as estrelas. — Eu também não vou dormir, vou observar, ou os mujiques e as mulheres voltarão para suas casas em sua aldeia, começarão a jantar e comerão toda a comida, e eu vou ficar deste jeito. Vê-se logo que as provisões deles são boas — as pessoas são brancas, saciadas, de voz forte e sonora... Já festejaram bastante, agora vão voltar para casa e comer tudo sem deixar nenhuma sobra. Vou atrás deles, ou não darei conta!"

Akim saiu para a clareira no escuro da noite, perto do rio. Não havia ninguém, todos tinham ido dormir, somente ao longe, na outra margem do rio, brilhavam quatro luzinhas nas isbás daquele povoado misterioso e estranho. Akim caminhou sobre o orvalho até lá, com medo de chegar atrasado para o jantar.

Numa cabana ao lado de uma ponte de madeira vivia um antigo ancião; ele estava sentado ao lado de uma pequena fogueira e esquentava um *kúlech*[4] ou uma sopa com batata e cebola, uma destas coisas. Akim perguntou ao velho:

— Vovô, você não viu se passou por aqui um pessoal que ia para a aldeia, mujiques e mulheres? Eles estavam lá cantando, sem fazer nada.

O velho homem estava sentado, inclinado sobre a comida na panelinha. Ele não olhou e nem respondeu ao menino: deveria estar farto de observar o que se passava ao seu redor, cansado de falar e pensar — que acontecesse tudo o que for, ele já tinha vivido o suficiente. Durante o dia, o velho sempre consertava a ponte e à noite, a vigiava, mesmo assim a ponte morria, porque nela a madeira se tornou carcomida de velhice e respirava oca sob os pés de Akim.

Onde estará agora, depois de toda uma era do homem, aquele avô ao lado da ponte de madeira do povoado? Talvez, ainda viva

---
4. Prato típico da Ucrânia e do sul da Rússia, preparado com painço, torresmo e cebola. (N. da T.)

e respire em algum canto: habituado a viver, terá esquecido de se desabituar. A ponte, provavelmente, já se gastara há tempos pelas enchentes da primavera. Mas o que haverá lá agora, passados mais de cinquenta anos? Quem daqueles que trançavam coroas na clareira alta durante os tempos da infância de Akim ainda estaria vivo, e o que estaria crescendo agora naquela terra — grama comum ou outra coisa? E quais construções técnicas teriam erguido por lá?

Akim cruzou a ponte e, para ter menos medo da escuridão, foi correndo pelo prado em direção à luz da janela, que estava acesa na aldeia estranha.

A última isbá, onde ardia a lâmpada, era pequena e tinha aparência simples. Akim subiu no banco de terra e olhou para ver o que acontecia no interior da isbá. No quarto, junto à mesa coberta com toalha, estava sentada uma mulher magra, comendo o jantar de uma xícara. Akim pensou que esta mulher fosse uma velha, mas, para ele, todas as pessoas que tinham um pouco mais de idade ou fossem mais altas eram velhos e velhas. Ao lado da mulher, encostadas na mesa, havia duas muletas. "Então ela é manca! — pensou Akim. — Fica sentada sozinha, não vai trançar coroas, não precisa." Ele bateu com cuidado na janela. A mulher coxa virou o rosto, e Akim enxergou dois olhos bondosos e desconhecidos, que olhavam para ele das profundezas de um coração alheio, como se fosse de longe. A mulher pegou as muletas e, apoiando-se nelas com as mãos sofridas, foi abrir a porta e receber a visita.

Akim entrou na isbá e perguntou à manca:

— Você vive aqui?

— Sim, aqui, onde mais? — respondeu a mulher. — Sente-se para jantar comigo.

— Ponha na xícara e me dê uma colher — concordou Akim. Mas a mulher sentou-se novamente no banco e deixou as suas muletas.

— Ponha você mesmo — disse ela. — No forno há uma tigela com *lapchá*⁵ ao leite, ela ainda está quente... Você está vendo, sou manca. Pegue a minha xícara e a colher, eu já comi o suficiente. Corte um pedaço de pão — pegue o de farinha peneirada, o preto eu já comi todo.

Akim começou a se arranjar sozinho na cozinha, a mulher observava o menino em silêncio, com aquela humildade triste e paciente, que se parece com a modesta, mas indestrutível felicidade.

— Já faz tempo que o sol se foi — disse a dona de casa, e perguntou a Akim: — E você é de quem? Para onde está indo nesse tempo escuro?

— Estou indo para a mina — respondeu Akim; ele ainda não tinha pensado aonde ir, mas então decidiu partir para lá; o seu tio há tempos era mineiro na região de Krindatchévka, ele tinha enviado uma carta de lá, na qual dissera que os mineiros viviam bem; o pai de Akim leu a carta em voz volta, letra por letra.

— Será cansativo para você — disse a manca. — Os seus pais vão ficar com saudade.

— Papai e mamãe vão se acostumar, e depois esquecer — disse Akim, tomando a *lapchá* da xícara grande. — Quando juntar dinheiro, mando o que ganhar para eles.

— E você é de onde? — perguntou a mulher; esquecida da doença e da solidão, seu rosto animou-se com o interesse pela vida alheia.

— Não sou daqui — contou Akim. — Eu sou de Melovátka.

— De Melovátka? — surpreendeu-se a manca. — Mas é só a uma versta e meia daqui, não é? Como é que não é daqui?

— Não venho de longe — concordou Akim. — E do que está doente, dos pés?

---
5. Sopa tradicional russa feita com talharim. (N. da T.)

— Bom seria se fosse só dos pés — disse a mulher —, estou doente de tudo: de fraqueza... Coma toda a *lapchá*, não precisa deixar nada, não há ninguém para comer.

— Vou comer tudo — disse Akim. — E quem alimenta você?

— Tenho filhos. Não vivem comigo por causa das noras, mas são bondosos e me alimentam bem, não tenho nada a reclamar — respondeu a dona da isbá. — E já está na hora de eu morrer.

— Mas pode viver, qual é o problema? — disse Akim. — Há provisões, está tranquilo na isbá. Na nossa casa é pior.

— Para que viver? Estou velha, doente, não posso andar, ninguém pode ficar comigo, todos têm suas necessidades, são outras almas... Já comeu? Está na hora de ir para a cama, vou apagar a luz.

A dona da casa mandou Akim pegar uma esteira limpa do baú e se deitar no chão, então apagou a lâmpada, subiu na cama, com dor e dificuldade, e ficou quieta.

O forasteiro Akim passou a viver na isbá alheia. Ele ajudava a dona de casa manca a arrumar o quarto, pegava água e trazia palha e ramagem seca para acender o forno. Era mais cômodo e alegre para a mulher doente viver com Akim, e ela não o mandava embora, dizia somente que seus pais tinham saudade dele e que estava na hora de visitar a casa. Mas Akim não queria: "Sempre posso ir para casa — respondia —, a nossa terra é infértil, só tem terra argilosa, areia e cal — não se pode saciar-se com isso. No verão passado, tínhamos pouca chuva, não havia orvalho nem umidade, não havia nada para comer. Deixe que meus parentes comam a minha parte — somos seis almas, eu sou a sétima, as bocas são grandes; eu ficarei com você, pois está entediada. Você é manca, fica sozinha na isbá, agora estou com você, é melhor."

A mulher manca concordava com o jovem que era melhor para ela viver com ele, assim tinha alguém com quem falar e a quem olhar.

— Com você meu coração se distrai dos pensamentos e o relógio anda mais depressa — dizia a dona da casa. — Mas em breve irá para a mina...

— Ainda vou ficar um pouco de visita com você — prometeu Akim.

Mas depois de dois ou três dias com a dona da casa manca, Akim quis partir para algum lugar mais longe, mas primeiro queria passar em casa para ver se os pais estavam vivos, junto com os irmãos, porque acontece das pessoas morrerem de repente, e o coração de Akim se confrangeu com este pensamento. Mas ele devia suportar a vida em terras desconhecidas, para que em casa sobrassem mais provisões.

No quarto dia, a velhinha manca mandou Akim arrancar batatas na horta que havia no quintal, atrás da eira vazia. Akim foi para a horta, e a dona da casa saiu com ele: Akim começou a capinar a grama desnecessária que comia a terra, enquanto a coxa ficava afastada, apoiada nas muletas, olhando para o menino, para não ficar na solidão entediante da isbá.

A mulher manca, toda curvada, apoiada sem forças nas suas muletas, Akim agora notara que ela tinha uma pequena corcunda, adquirida com o passar do tempo ou de nascimento. "Ela parece o Cavalinho Corcunda![6] — pensou Akim, lembrando-se do conto que a sua irmã Panka lera para ele. — Eu trabalho e ela fica desse jeito, não pode fazer nada. Vive à toa. Ou não — se nasceu, ela também precisa viver. Se não fosse preciso, ela não teria nascido. Quem não precisa viver, não existe."

Da noite, soprava o vento frio e áspero, o verão mudava e trazia com muita antecedência o pressentimento do outono; seria preciso ficar novamente nas isbás fechadas, brincar e brigar com os irmãos pequenos, esperar pelo almoço e o jantar, tentar pegar um pedaço maior da vasilha, mesmo que fosse de batata, e por isso apanhar

---

6. Protagonista do conto folclórico homônimo de Piotr Ierchóv, escrito nos anos 1830. (N. da T.)

do pai com uma colher vazia na testa... "Não voltarei para casa enquanto estiver quente, vou para as terras distantes" — Akim discutia o seu destino numa horta de batatas.

— Vovó, vá para casa! — disse ele à dona da isbá. — O vento está frio, você vai se resfriar, depois morrer!

— Está bem assim, querido — respondeu a mulher manca. — Ao menos tomo um pouco de vento e respiro.

— Vai tomar vento! — disse Akim, zangado, com uma voz rouca. — Você está fraca, toda doente, vá para a isbá, eu disse a você! — ordenou Akim, lembrando-se do pai severo. — Mancona, nunca mais quero ver você!

A mulher manca olhou para o hóspede com pavor e tristeza, depois, em silêncio, foi para a isbá, arrastando os pés aleijados.

— Coloque o pote com mingau bem no fundo do forno, senão esfriará até a hora do almoço — disse Akim para a dona de casa.

— Por que você está gritando? Eu sei — respondeu-lhe a mulher manca, de longe. — Você vai comer com banha ou com óleo?

— Com banha — pediu Akim.

Akim capinou a horta até a hora do almoço, depois saiu da cerca, olhou em direção à terra natal e foi almoçar na isbá. Na manhã seguinte, a dona de casa não se levantou da cama, estava doente.

— Resfriou-se! — disse-lhe Akim. — Para que foi ficar no vento? Agora vai pagar por isso!

— Já faz tempo que não estou passando bem — respondeu a mulher doente. — O suor sai para fora, por dentro estou secando. Já ficava na cama antes de você, quando veio me visitar, me senti melhor, respirei bem, tinha alguém para olhar, agora, isso voltou. Não é devido ao vento, eu própria estou derretendo... Quando durmo, sinto que estou nadando nas águas e a água me engole, acordo, e não tenho peso, estou leve como se não existisse...

— Onde moram os seus filhos? Eu vou atrás deles, vou chamá-los para virem aqui — disse Akim.

A mulher refletiu e não deixou Akim partir.

— Não precisa, por enquanto... Eles já estão acostumados com a minha doença. O mais velho foi à cidade por uma semana, o segundo esteve há pouco, ele trouxe cereais e uma garrafa de querosene — agora a mulher por muito tempo não permitirá que ele venha, talvez, venha escondido dela...

De noite, Akim estendeu o seu leito no chão ao lado da cama da dona de casa doente, para ouvir, caso ela se sentisse mal, e acordar depressa para ajudar.

Fazia silêncio e estava escuro em todo o vilarejo. Pela janela viam-se duas estrelas que de fraqueza mal cintilavam, de tempos em tempos, elas se apagavam completamente, e então se acendiam de novo, sem clareza, como em sonho. Nos campos distantes, de vez em quando, gritava uma codorniz tardia — uma perguntava, a outra respondia. E novamente fazia-se silêncio; através da porta entreaberta, a entrada fria cheirava a grama fresca do quintal, alimentada pelo orvalho.

— É hora de dormir — disse Akim, e virou-se para o lado direito.

— Durma — respondeu-lhe da cama a mulher doente. — Vou pôr uma muleta aqui, perto da sua cabeça. Quando eu estiver esfriando, baterei com ela no chão, você desperta e vem se despedir de mim. Agora, durma.

— Está bem — disse Akim e adormeceu.

Ele acordou numa terrível escuridão, até as duas estrelas débeis se foram. No céu atrás da janela, agora não havia nada — uma escuridão vazia, até a codorniz calou-se nos distantes campos de centeio. Akim procurou dormir novamente, mas agora tinha receio de fechar os olhos, com medo de que alguém se esgueirasse até ele pela escuridão ou aparecesse na janela.

— Akim — disse a doente baixinho. — Fui eu que bati com a muleta. Venha até aqui, acenda o fogo. Eu estou mal, estou gelada.

Ao ouvir a voz da dona da isbá, Akim parou de temer a escuridão e a noite; ele espreguiçou-se no calor do sono, fechou os olhos

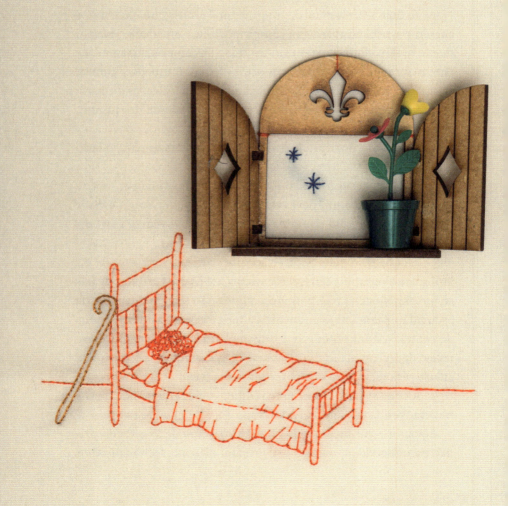

e, zangado por não conseguir levantar-se imediatamente, decidiu cochilar um pouco para logo se levantar: a velha manca não vai conseguir arrefecer, ela está habituada a adoecer, ela mesma disse. Tentando lembrar de que precisava acordar, Akim apoiou a mão na esteira e, esquecendo de si, colocou a cabeça de volta no travesseiro. Mas, através do sono, cada vez mais perto, ouvia uma batida, certamente de longe, mal se ouvia, alguém se aproximava dele, pedindo abrigo em seu coração, mas ele não podia levantar-se para ir ao seu encontro nem responder.

A muleta batia no chão perto de Akim, a doente chamava o menino, sussurrando, mas Akim balbuciava no sono de criança e não conseguia despertar. A mulher bateu mais forte com a muleta. Akim abriu os olhos e lembrou-se da doente. A muleta parou de bater, encontrava-se quieta perto da cabeça de Akim. Agora fazia silêncio; ele apurou os ouvidos — a dona da casa respirava raramente e com dificuldade, mas não o chamava mais. "Adormeceu — decidiu Akim —, que durma, pela manhã, se sentirá melhor." Ele pegou a muleta com cuidado e a escondeu debaixo da cama, para que a manca, dona da casa, não tivesse com o que bater e dormisse, e adormeceu de novo.

O coração da mulher, deitada na cama, parou de fraqueza e velhice; ela tentava respirar mais profundamente e adormecer mais rápido, mas seus braços esfriaram e perderam a força, ela tinha medo de não conseguir levantar a muleta com eles, de não ser possível acordar Akim e de morrer só, sem se despedir de ninguém. Ela novamente chamou o menino, num sussurro, e, em seguida, esticou o braço, para bater com a muleta, mas esta não estava lá. "Ela caiu no chão — pensou a doente —, eu agora não consigo pegá-la, não tenho forças nem mesmo para me mexer; vou esperar a manhã para morrer, sem nada para acordá-lo, vou respirar e sobreviver enquanto Akim não acordar."

Ela sobreviveu até a manhã. Após ter dormido o suficiente, Akim acordou.

— Você está viva? — perguntou a ela.
— Ainda estou viva — respondeu a mulher, da cama. — É como se eu estivesse melhor, e tenho sono, não dormi toda a noite... Me cubra bem as pernas, tire a minha blusa do baú. Prepare você mesmo o seu almoço — há cereais no barril da entrada, corte um pedaço de toucinho...
— Vou preparar — concordou Akim. — Você vai viver de novo, vai somente dormir um pouco?
— Depois de descansar, viverei novamente — prometeu a dona de casa doente.
— Viva — disse Akim. — Eu vou almoçar e seguirei o meu caminho — vou para as minas.
— Vá — disse baixinho a mulher manca. — Quando voltar das minas, me faça novamente uma visita.

Akim cobriu as pernas dela com a blusa, arrumou o travesseiro e respondeu:
— Sim, virei visitá-la... Não vou voltar logo, mas vou visitar você mesmo assim. Quando for levar o salário para casa, comprarei um presente ou uma roupa nova para você.
— Me compre um xale, um pequeno, ao menos, para que eu não tenha frio — pediu a velha.
— De lã — disse Akim. — Eu sei. A minha mãe tinha um xale, meu pai o vendeu e comprou painço.

Depois do almoço, Akim pegou um grande pedaço de pão e foi para a estrada principal atrás da aldeia. Tempos antes, o pai lhe tinha dito que todas as pessoas iam para as minas por aquela estrada grande, e que o tio também fora...

Akim não voltou logo, passaram-se cinquenta e cinco anos. Nestes cinquenta e cinco anos de ausência, não houve dia em que não quis ir para casa, mas não era possível: ora as necessidades, ora o trabalho, ora os filhos, ora a prisão, ora a guerra, ora outras tarefas — assim passou toda a vida: num instante, como se convenceu Akim. Durante toda a vida ele se preparou para algo melhor, afligiu-se, mas não foi capaz de reconsiderar tudo enquanto não se tornou um velho. Agora, na velhice, ele novamente havia ficado só e livre, como fora na infância. Os seus filhos haviam crescido e viviam sem ele, e a mulher tinha morrido.

Então, o velho Akim foi para casa. Onde antes havia a estrada principal, de onde ele havia partido para as minas, agora passava a ferrovia. Mas Akim não pegou um trem, foi a pé pela beira da estrada.

Num ponto de que lembrava, saiu da estrada principal rumo à aldeia onde tinha vivido com a mulher manca, que tempos antes o hospedara, mas, sem reconhecer nada, logo se perdeu. Entrou afinal numa cidade grande, cheia de casas e pessoas que viviam bem. Akim caminhou em direção ao rio, lembrando-se vagamente, para sair na clareira alta e de lá chegar em sua aldeia; lá havia deixado sua primeira família — seus pais e irmãos.

Não havia rio. Ele perguntou a um passante idoso onde estava o rio. O passante respondeu-lhe que fazia tempo que o rio corria por tubos que então estavam embaixo da terra...

O velho seguiu adiante pela rua comprida, toda ocupada por casas amarelas com fachadas decoradas. Após o cruzamento com o rio, guardado em tubos, a rua seguia reta, em lugar algum se avistava a clareira alta, onde, na infância de Akim, teciam coroas.

O velho percorreu toda a cidade e saiu por uma via plana asfaltada. Ele não conseguia achar o lugar onde ficava sua aldeia natal. Mas os cantos do forno da isbá paterna deviam estar soterrados, sob os alicerces de alguma casa desconhecida. Akim voltou para a cidade, virou numa rua lateral e chegou ao jardim de uma praça. Então, sentou-se ao lado de uma fonte e recobrou os sentidos. Era fresco e silencioso ao lado da fonte, e cheirava a flores caras e plantadas. Atrás da fonte, crianças novas e sem fome brincavam num monte de areia; elas eram vigiadas por uma mulher jovem com rosto contemplativo, que trajava um vestido branco florido; ela andava ao redor das crianças, que estavam ocupadas entre si, lia um livro e às vezes dizia algo para elas, provavelmente, dando algum conselho.

O velho Akim se aproximou da mulher pensativa e jovem e perguntou-lhe, achando que talvez tivesse se equivocado, se perdido e não tivesse afinal chegado à sua terra natal, mas em algum outro lugar:

— Você sabe o que havia aqui antes, quando não havia cidade?

— Sei — a mulher respondeu com um sorriso. — Aqui havia campos, florestas e vilarejos de palha, em que moravam pessoas tristes e pobres.

— É verdade — concordou o velho Akim e se afastou da bela e jovem mulher.

Ele recordou o centeio e as árvores que cresciam ali na sua infância, os dias ensolarados de verão, a agitação do calor e o tremular das sombras das folhas das árvores na grama. Na natureza e no mundo, tudo isso existiu e desapareceu, no homem, entretanto, nada será esquecido enquanto ele estiver vivo. O velho que preparava seu jantar ao lado da ponte de madeira da aldeia e a mulher manca, a quem Akim não teve tempo de trazer o pequeno xale de lã como presente, já tinham encerrado seus dias no mundo há muito tempo, mas eles existiam, queridos e imortais, no sentimento e na memória do velho Akim.

— Vem cá! — disse Akim à mulher pensativa de vestido branco florido.

Em silêncio, a moça veio educadamente até ele.

— De onde é você? — perguntou o velho. — Faz tempo que mora aqui ou veio de fora?

— Nasci aqui — disse a jovem. — Sou professora do jardim de infância, me chamo Nádia Ivánuchkina. E o senhor?

— Eu sou da classe operária, nasci aqui, mas nos tempos antigos, antes de você existir.

— Sim, eu ainda não havia nascido — concordou Nádia Ivánuchkina. — Nasci há pouco tempo: dezenove anos.

— Nessa idade, eu já era quase um velho: fazia tempo que trabalhava nas minas, havia casado e tinha um filho, quando era rapaz, passei um tempo na prisão, e não foi a última vez.
— O seu filho mora aqui? — perguntou Nádia.
— Não, não mora — disse Akim. — Vim sozinho... Vá estudar com as crianças.

Nádia ainda permaneceu ao lado de Akim, constrangida e sem jeito, depois, foi para perto das crianças pequenas.

O velho Akim não gostou dela, por isso a chamou, mas não passou a ofendê-la.

As pessoas de antigamente, moribundas e velhas, tinham que viver tristes e pobres em moradias miseráveis para que esta Nádia Ivánuchkina pudesse trabalhar sem dificuldades, fosse bela e pensativa, vestisse um vestido branco florido, vivesse numa casa de pedra e comesse boa comida no almoço e no jantar. As pessoas de antigamente não tinham pena de si — de graça nasciam, de graça morriam. Já estes —veja que vida inventaram para si mesmos!

O velho Akim ficou pensativo e triste, cansou-se e adormeceu; ele estava sentado no banco, com a cabeça apoiada nos braços, rodeado de flores perfumadas e arejado pelo frescor da fonte no silêncio do jardim coberto por muitas folhas.

Ele acordou no crepúsculo. Já não havia crianças perto da fonte. Provavelmente, já haviam se distribuído pelas casas. Mas Nádia Ivánuchkina estava sentada sozinha, distante de Akim. O velho olhou para ela e novamente cerrou os olhos.

Por vontade própria, Nádia se aproximou do velho que cochilava.
— Vovô — disse ela —, quem você veio visitar?
Akim abriu os olhos.
— Você — disse ele, irritando-se.
— Então vamos — concordou Nádia Ivánuchkina.
O velho se levantou. "Tudo bem — pensou ele — vou dar uma olhada." Nádia vivia perto, num quarto limpo e arrumado. Ela recebeu o velho e serviu-lhe um prato de sopa com carne.

— Coma — convidou-o. — Eu já almocei.
— É casada? — perguntou Akim.
— Ainda não. Vivo sozinha — disse Nádia. — Agora vou esquentar o segundo prato para o senhor.
— Esquente — disse Akim. — Onde vou dormir, você só tem uma cama?
— O senhor vai dormir nela — decidiu a jovem dona de casa.
— Eu vou preparar a minha cama no chão. Estou acostumada, trabalhei na obra, vivi em alojamentos e barracas, já vi de tudo.
O velho olhou com atenção para a jovem.
— Veja só! — disse ele.
Depois da refeição, Akim se deitou numa cama macia para dormir. Mas, mesmo cansado e velho, não conseguiu adormecer por muito tempo — estava habituado a sofrer. Fazia tempo que Nádia dormia num tapete estreito no chão, encolhendo-se feito uma criança debaixo do lençol.

De repente, no meio da noite, o velho ficou com sede.
— Moça, me dê de beber! — Akim disse alto.
Nádia imediatamente se levantou, atenciosa, como se não estivesse dormindo, de camisola, e foi sozinha até a cozinha e voltou com um copo de água, depois deitou-se novamente.

Depois de beber, o velho adormeceu e, dormindo, começou a chorar, como se nele tivesse se libertado uma alma triste, torturada ao longo da vida. Ele não sonhava e não sofria, mas se sentia mais e mais leve, ele repousava e o sono o absorvia profundamente; Akim não sabia que estava chorando.

O velho acordou de madrugada. Nádia estava sentada à sua cabeceira e com a palma da mão secava as suas lágrimas.
— Acalme-se — disse ela —, o senhor está chorando há muito tempo.
— Eu não estou sentindo — disse Akim.
— Agora acorde e se acalme — pediu-lhe a jovem dona da casa, e deu um beijo na sua testa. — Eu compreendo.

O velho puxou Nádia para junto de si, apertando a cabeça dela com as mãos.

— As pessoas de antigamente foram esquecidas, morreram, as suas isbás apodreceram — disse Akim. — Mas você não é pior do que elas, você deve ser melhor.

— Somos melhores — disse Nádia, confiante.

— Eu me lembro delas, você lembrará de mim e de você se lembrarão aqueles que nascerão depois, estes desconhecidos serão melhores do que você — disse o velho Akim. — Assim viveremos um no outro, como um mundo só.

Nádia ouvia o velho. Akim se calou. Agora já estava habituado a viver ali naquela cidade estranha, que estava no lugar de sua antiga aldeia. Diante dele estava a mesma pessoa eterna que ele conhecia desde a infância, somente mais jovem e mais feliz do que a velha manca.

— Vou fazer o café da manhã — disse a dona de casa. — Hoje tenho que ir para o meu trabalho.

— Faça, para que esperarmos? — respondeu Akim.

— Vovô, por que você chorou durante a noite? — perguntou Nádia.

O velho não disse nada. Ele não se lembrava de ter chorado. Nádia ficou pensativa.

— Você, provavelmente, vivia mal. Partiu para longe e se esqueceu de todos, voltou para cá e não nos reconheceu. Os esquecidos morreram todos sem você e, à noite, vieram para o seu coração. Mas agora eles não estão aqui, não chore, agora somente nós estamos vivos.

O velho Akim guardava silêncio. Ele entendeu que a vida se elevou entre as pessoas e intimidou-se diante desta jovem Nádia.

1939

O dom da vida

*Dom fortuito, dom inútil,
Vida, para que me foste dada?*

Aleksandr Púchkin

1

Ivan recordava sua vida, desde uma manhã que se passara há muito tempo: ainda estava escuro quando o pequeno Ivan abriu os olhos e, vendo-se diante da escuridão, tornou a fechá-los de medo dela. Ouviu então a voz de sua mãe, que dizia ao pai: "Kuzmá, levante-se para trabalhar, acenda a luz!"

O pai se levantou do leito de madeira, saiu do quarto em direção à cozinha e lá acendeu a lâmpada de querosene sobre a mesa. A manhã ainda não tinha raiado, mas a casa já estava clara e a escuridão tinha se dissipado. O pequeno Ivan sorriu e chamou: "Mamãe!"

A mãe respondeu-lhe: "O que foi?" Mas Ivan não sabia o que dizer e ficou calado.

— Ainda é cedo, durma, Vânia[1] — disse a mãe —, nós já temos que nos levantar.

— Não quero — disse Ivan. — Também preciso viver.

— Então levante-se para viver — concordou sua bondosa mãe.

Ivan levantou-se, foi até a janela e olhou para o quintal: a escuridão ainda estaria ali? O quintal ainda estava sombrio e escuro, mas as nuvens cinzas já eram visíveis no céu e duas gralhas se sentaram no telhado de palha. Ivan logo enxergou a terra ao lado do banco de terra em volta da isbá e as árvores baixas no jardim atrás da cerca. A terra estava vazia sem a grama e as árvores desnudas estavam com frio sem as folhas. A mãe acendeu o fogo e disse para Ivan:

— Por que está olhando para a janela? As borboletas não estão voando lá, a grama morreu — chegou o outono... Vista as calças, ou vai ficar resfriado.

O pai saía para trabalhar na fábrica de mós e Ivan passava o dia inteiro apenas com sua mãe. Era assim desde que Ivan Kuzmitch Gvozdariov podia se lembrar.

---

1. Hipocorístico de Ivan. (N. da T.)

A mãe arrumava o quarto e a cozinha, trazia lenha e água, depois fazia o almoço — *schi* e mingau com leite —, e Ivan ficava sentado à espera de que ela tivesse uma folga para sentar-se no banco, pegá-lo no colo e contar-lhe uma longa e demorada história.

Ivan ficava entediado sozinho, sem a mãe. Não acostumado à vida, ele não sabia que deveria pensar no que fazer e no que acontecia ao redor do mundo. Ainda não sabia existir por si só, tinha medo de ver algo de que não soubesse o nome nem compreendesse o sentido. Ele se afligia se não sentisse o amor materno.

Somente sentado no colo da mãe, encostado ao seu corpo quente, ele entendia que estava bem e que era necessário à sua mãe.

Nas longas histórias que a mãe contava, do meio-dia ao anoitecer, Ivan descobria o sentido da vida, ouvia nomes de pessoas e objetos, conhecia a felicidade da alma honesta e corajosa, enxergava todo o encanto colorido da terra e do céu, a tristeza e alegria dos corações humanos que se amavam ou se torturavam. Somente à noite, quando o pai voltava do trabalho, a mãe se calava e colocava-o para dormir, embalando seu sono com uma cançãozinha.

Todo dia de manhã Ivan ouvia a voz de sua mãe que, ainda na escuridão, dizia ao pai: "Kuzmá, acenda a luz, está na hora de levantar!"

E até o meio-dia Ivan esperava que a mãe terminasse as tarefas domésticas para colocá-lo no colo e começasse a contar uma longa história, doce como a lembrança do leite materno.

Todo dia, a mãe punha Ivan no colo e contava-lhe tudo o que se passava em seu coração, o que lhe vinha à mente, o que sentia, via e sabia, o que imaginava e o que desejava para o filho, também o que não sabia, o que não tinha havido, não havia nem nunca haveria. Ivan ouvia a mãe e olhava para o seu rosto querido, para os seus olhos que o fitavam com um amor saudoso; ele mesmo sempre sentia saudades da mãe, por mais que estivesse grudado a ela, por mais que ela o acariciasse, a presença nunca era suficiente para ele, que o tempo todo chorava baixinho por ela. Olhando para a mãe, Ivan tanto a via quanto via o que ela lhe dizia: a terra, iluminada pelo sol e as estrelas, onde queria viver com toda a humanidade, as pessoas que passavam por seu coração, acompanhadas pelas palavras da mãe — gente bondosa e dócil ou ameaçadora e assustadora, diferentes umas das outras —, todas despertavam igualmente seu interesse. Das palavras de sua mãe nasciam pessoas, plantas, rios, animais, pássaros, tudo o que existia, existe ou deveria existir no mundo — eles penetravam o atento ouvinte Ivan, alimentavam seu coração e partiam, e nos seus lugares surgiam outros habitantes da terra, sobre os quais a mãe continuava contando, mas também eles, após uma curta existência na imaginação do pequeno Ivan, desapareciam no nevoeiro azul do imenso mundo, cedendo lugar a novos seres desconhecidos. Assim continuava o tempo todo, enquanto não terminasse a história da mãe. E quando ela, ao anoitecer, se calava, Ivan não era capaz de se lembrar de nada do que ela havia contado: ele recordava e sentia todos os seres e objetos narrados pela mãe de maneira viva enquanto ela falava, e logo se esquecia de todos; somente no coração permanecia ainda por muito tempo um sentimento alegre, como se todos que o visitaram e já se foram, tivessem ali respirado o seu calor bondoso — já não havia ninguém, mas o calor de suas vidas esfriava devagar no interior de Ivan e ainda alimentava o menino com a felicidade de ter participado no destino alheio. Mas esta felicidade de conexão da sua vida com outros seres aos poucos se perdia e dispersava, assim como sumia o pão que comemos para viver; e o pequeno Ivan de novo se sentia entediado e atormentado de ficar sozinho, com o coração esvaziado, quando a mãe calava e não pronunciava mais as palavras que traziam vida para o seu filho.

    Por isso, Ivan quis que a mãe lhe contasse a sua história sem interrupções, assim ele estaria o tempo todo no seu colo e a escutaria, esquecendo de si mesmo, e sempre se sentiria bem. Mas a mãe não tinha tempo para ficar com o filho no colo o dia todo nem para inventar palavras sem fim.

Pela manhã, Ivan saía para brincar no quintal e na rua: lá, olhava atentamente a velha grama, as árvores e os rostos dos transeuntes, querendo lembrar se entre eles estariam aqueles que haviam sido narrados pela mãe. Mas ninguém era parecido, e ele se esquecia das palavras claras da mãe; ele agora só tinha a impressão de que tudo no mundo era diferente, sem a vida que tinha na história da mãe, nem tão feliz e alegre nem tão triste e assustador. Ali era mais entediante do que naquela terra de que a mãe falava, o sol imóvel brilhava desanimado e andava pelo céu brincando com o colorido como brinca o arco-íris com a luz, chamando as flores risonhas ao seu encontro, e o cantar dos pássaros nas árvores não era tão límpido como era depois das palavras de sua mãe.

Então Ivan perguntava:

— Mamãe, por que isso não acontece?

— O que não acontece?

Ivan, de início, não sabia como dizer, mas depois disse:

— Não é assim... Você diz que eles são desse jeito, mas eles não existem, eles vivem de outra maneira!

A mãe entendeu e respondeu:

— Eu simplesmente não contei a você o que você enxerga. Você não vê da maneira certa, vê só a aparência, eu te contei sobre a alma deles, e ela não é vista com os olhos, mas com algo diferente.

— Mas eu quero que ela também seja vista, não preciso de aparência — pediu Ivan.

A mãe ficou calada.

— Não sei como fazer — disse ela.

— Procure saber! — pediu o filho.

Uma vez, o pai demorou para voltar do trabalho. A tarde se findara, a noite chegara, e o pai não vinha. A mãe ficou preocupada, mandou Ivan dormir e começou a se arrumar para ir atrás

do pai na fábrica de mós. Ela partiu e Ivan, que ficou sozinho, não quis e nem conseguia dormir; pôs-se a pensar que o seu pai tinha morrido e começou a chorar. O quarto era sombrio, a pequena luz quente ardia sobre a mesa; a mãe reduziu a chama para que o querosene não queimasse em vão e deixou só um pouco de luz para que Ivan não tivesse medo de ficar só. Ivan não tinha medo; ele olhava para a chama débil na lâmpada e via que o foguinho, que vivia sozinho, não tinha medo, não tinha pai e por isso não chorava. Então Ivan parou de chorar, se levantou da esteira quente estendida sobre o baú, onde a mãe o colocava para dormir toda noite, e foi até a janela. Apertando o rosto contra o vidro, começou a olhar para a noite — o que existia nela. Não se via nada na terra, apenas as estrelas no céu. Olhando-as, Ivan deixou-se embevecer; as estrelas pareciam as letras do livro que o pai lia aos domingos. Quando o pai largava o livro, Ivan o folheava, tentando ver onde nas letras vivem as palavras, e nas palavras as pessoas, mas não conseguia enxergá-las ali. Agora, ele achava que das estrelas se compõem palavras importantes no céu, que deve também ser um livro inteiro e uma folha sua estava aberta para que todos a lessem em voz alta, mas Ivan não conseguia entender o que lá estava escrito; ele ainda não sabia ler nem mesmo um simples livro de papel e se lembrava com certeza somente da letra "a", das outras letras, ora recordava, ora tornava a esquecer. Depois os seus olhos se cansaram de olhar para as estrelas distantes e fecharam-se; Ivan deitou a cabeça no peitoril e adormeceu sem saber quando a mãe tinha voltado e o levado para a cama, para dormir ao seu lado.

 Pela manhã, Ivan percebeu que estava dormindo no lugar do pai, que não estava ali, e foi a própria mãe quem acendeu a luz na lâmpada.

 — Mamãe, onde está o papai?
 — O papai... Seu pai foi levado ontem para a prisão.

— Qual prisão?... Vamos para a prisão também — disse Ivan.
— Vamos viver lá.

A mãe respondeu que era bom viver ao lado do pai em qualquer lugar e que poderia viver com ele até na prisão, só que não permitiam qualquer um na prisão.

— O pai convenceu todos os operários da fábrica a não trabalhar. Que o dono primeiro dê um aumento, pois as crianças não têm leite para beber.

— Não quero leite — disse Ivan. — Não precisamos dele, eu bebo água, você também... Mamãe, vamos para a prisão!

—Dirão que não podemos — respondeu a mãe. — Será preciso primeiro fazer uma greve ou matar alguém, só então trancariam você com cadeado na prisão.

Ivan olhou para a mãe e sorriu; ele adivinhara o que deveria ser feito.

— Mamãe, vamos matar! — disse ele.

A mãe então se zangou:

— Você ainda é pequeno e fala o que não deve... O seu pai não quis matar ninguém, ele queria que você tivesse leite...

Sentada num banco, ela deitou a cabeça na mesa e chorou baixinho pelo marido.

— Meu Deus, meu Deus, o que vamos fazer agora? — sussurrou ela. — Como vamos viver?

Ivan se aproximou da mãe, encostou o rosto na sua barriga e a abraçou.

— Mamãe, não chore!... Vou contar uma história a você, escute.

Um calor manso emanava da mãe: Ivan se encostou ainda mais e recordou como no verão ele fora com o pai para o campo num dia claro, e lá a terra e o céu também emanavam o mesmo calor tranquilo.

Ivan começou a contar uma história para a mãe, porque não queria que ela chorasse.

— Era uma vez... Aqueles, mamãe, eles... que eram uma vez...? Mamãe, eles eram, viviam no mundo...

Ivan calou-se, sem saber o que mais devia contar; havia se esquecido de todas as histórias da mãe, e para a história que queria contar agora, para consolá-la, não conhecia as palavras; achava que logo que começasse a falar, não pararia, porque as palavras jorrariam do coração, quando ele ama e sente saudades — há tempos a mãe lhe falara sobre isso —, mas agora, ele todo apertado contra a mãe, a amava de todo o coração, com todo o seu corpo que se esquentava com a respiração dela, e até os seus olhos fechados a amavam e a enxergavam, mas falar ele não conseguia mais, nem sabia como compor as palavras para que delas nascesse um sentido vivo como nos contos da mãe.

— Era uma vez, aqueles... — Ivan disse outra vez e, acanhado, escondeu o rosto entre os joelhos da mãe.

— Era uma vez... eles eram, viviam, e depois? — perguntou a mãe.

— Eles eram, viviam, depois morreram — disse Ivan. — E acabou, não estão mais aqui...

— Não? — perguntou a mãe.

— Não — disse Ivan, contente de terminar a história. — Eles morreram, não existem mais, mas no início também viviam...

A mãe acariciou a cabeça do filho.

— E quem eram eles?

— Éramos nós, mamãe, você e eu.

A mãe pensou um pouco e sorriu. Ivan percebeu que a mãe havia parado de chorar e concluiu que a sua história era boa. E a mãe confirmou isso, dizendo:

— A sua história é boa, só é curta.

— Ela é inteira — disse Ivan.

— Não — disse a mãe. — Você não contou como foi a vida deles. Esqueceu de que antes eles passaram por toda a vida, só depois é que morreram. Você não falou nada sobre a vida, como

nós vivemos: muito e muito tempo, e você viverá ainda mais do que eu. Você se esqueceu da vida...
— Mas se morreram, quer dizer que esqueceram — respondeu Ivan. — Papai falou que a vovó se esqueceu de tudo quando morreu, esqueceu de mim também. Eu olhava para ela no caixão e ela estava deitada e calada, tinha esquecido...
— A vovó estava morta, eu não estou, eu não me esqueci de você nem de nada — disse a mãe. — Me deixe acender o forno, vou esquentar a sopa e fazer o mingau, preciso te dar de comer.
— Precisa — concordou Ivan —, e vai comer comigo... Depois me conte uma história até anoitecer, que então adormeço.
— E o pai? Você se esqueceu de seu pai?
— Do pai?... Mamãe, vou adormecer e o verei em meus sonhos! Ele também vai nos ver em sonhos quando a noite chegar na prisão... Ele vai nos ver e não vai ficar entediado...
— Que menino, esse meu! — disse a mãe. — Acha que nos sonhos existe verdade...

Mas Ivan nunca mais viu o pai. Naquela noite, ele não sonhou com ele, e pouco tempo depois, dentro de meio ano, o pai morreu de tísica na prisão. Seu corpo foi entregue à mãe em um caixão pré-fabricado e sem pintura — este foi puxado por uma carroça e levado depressa ao cemitério, onde foi posto num túmulo de barro cavado pelos presos. Não permitiram abrir o caixão, a mãe e Ivan se ajoelharam e beijavam as tábuas superiores, até que um velho presidiário disse: "Já chega, não ficarão separados por tanto tempo, temos que ir almoçar na prisão, se atrasarmos, vão comer as nossas porções!" — e, após descer o pai à sepultura com um ajudante seu, o velho começou depressa a jogar o barro retirado de volta para cobrir o túmulo.

Depois da morte do pai, a mãe começou a trabalhar. Toda manhã, ela ia para um comprido galpão de tábuas, que ficava ao lado da estação ferroviária, e lá triturava pedaços grandes de pedras nativas com um martelo, para fazer brita. Para ganhar mais, ela trabalhava até tarde, até o escurecer, depois, já muito cansada, voltava para casa e preparava, sonolenta, caldo e mingau para o jantar e para o dia seguinte. Logo depois de comer, ela se deitava, exausta do trabalho, e não contava mais histórias para Ivan. O filho ficava sentado na cama ao lado dela, olhando como ela dormia, mas, enfim, encostava a cabeça nela e também adormecia.

De manhã começava um novo e longo dia sem a presença da mãe... À noite, ao se aproximar a hora da mãe voltar, Ivan já chorava de saudades dela. Assim ele viveu quatro dias, no quinto, a própria mãe, vendo que Ivan ficava chateado sem ela em casa, pegou o menino pela mão e levou-o para o trabalho no galpão.

No galpão trabalhavam sete mulheres e quatro meninos. Sentados no chão, eles partiam pedras com martelos. Ao redor de cada um, formava-se aos poucos um pequeno monte de britas, ao lado da mãe havia um desses. As pedras quebradas eram usadas na ferrovia — despejadas sobre os trilhos na estação. Ivan, logo que chegou com a mãe, se sentou ao lado da porta diante dela e assim permaneceu até a noite; comeu na hora do almoço e, mais tarde, comeu outra vez, a mãe lhe deu pão com batata cozida fria e leite da garrafa, e ela própria também comeu. Ivan olhava para a mãe o dia todo e estava alegre e satisfeito de vê-la sempre. A poeira das pedras cobria as pessoas trabalhando e elas se apressavam em quebrar o mais rápido que podiam as pedras pesadas em várias pequenas, para que fossem muitas. A mãe disse a Ivan que por cada pedrinha ela recebia uma migalha de pão ou uma gota de leite, e eles precisariam de muitas migalhas de pão para viver.

No dia seguinte, Ivan foi de novo com a mãe para o trabalho. Ele de novo passou todo o tempo olhando para o rosto dela e, de vez em quando, recolhia as lascas de pedra, que voavam para longe das mãos dela, e as examinava; agora, após terem sido tocadas pela mãe, elas pareciam vivas para ele.

Já mais velho, Ivan não se lembrava durante quanto tempo acompanhou a mãe ao galpão para o trabalho com as pedras. Mas ele tinha a impressão de não ter sido muito, porque a mãe logo adoeceu e teve que ficar acamada em casa. Ela viveu muitos dias desse jeito; a mãe doente ficava deitada, e o filho, sentado ao lado, olhava com medo de que ela morresse — em casa havia somente água e cascas de batata. Então, o próprio Ivan passou a ir ao galpão para triturar pedra em brita para ganhar o dinheiro do pão, e logo depois já ia diariamente. Como era pequeno e sentia saudades da mãe, ganhava pouco dinheiro, mas, comprando pão e painço, alimentava como podia a mãe e a si próprio. Ele se torturava todo o dia no trabalho, contando o tempo até a noite através das batidas do seu coração, à noite, corria para a casa e, em primeiro lugar, ia ver se a mãe estava viva, em seguida, ia à venda em busca de pão... Às vezes ainda, pelo velho costume, a mãe contava em voz baixa uma história para o filho antes de dormir e, escutando-a, ele adormecia feliz ao seu lado.

Quando chegou o inverno, ficou frio para trabalhar no galpão de tábuas, e em casa Ivan não tinha lenha. Ele recolhia as lascas e pauzinhos pelos quintais e pela rua, mas elas só davam para cozinhar ou esquentar uma sopa ou mingau, não era possível acender o forno para aquecer o aposento. A doença da mãe se agravara, ela agora tinha febre e Ivan, encostado nela, se aquecia no seu calor e dormia as noites enquanto a mãe o abraçava com um braço; ela o mantinha perto de si para que ele não se afastasse dela durante o sono e não ficasse sozinho no frio.

Na última noite de vida da mãe, Ivan despertou com o frio; ela não o esquentava mais e o apertou contra ela para se esquentar com seu calor.

— O que foi, mamãe? — perguntou Ivan. — Não está dormindo e está olhando para mim.

— Não estou dormindo — disse a mãe —, eu quero me saciar de olhar para você.

— Mas por quê? Olhe durante o dia e durma à noite.

— Não vou ver você de dia — sussurrou a mãe —, estou morrendo.

— E eu? — perguntou Ivan. — Também vou morrer.
— Não vai — respondeu a mãe. — Viverá por mim.
— Não vou.
— Vai sim... Você ficará sem mim!
— Mas eu não sei viver sem você. Não preciso viver sem você.
— Lembre-se de que eu existi e viva por mim... Pense que eu vivo dentro de você — disse a mãe.
— Mas onde? Onde você viverá dentro de mim? — perguntou Ivan.
— Você não se lembra de como começou a respirar de mim, mas eu me lembro — disse a mãe. — O seu coração começou em mim, e eu ficarei nele.
— Mas vai dar para ver você? — perguntou Ivan.
— Não — respondeu a mãe. — Me verá em sonhos.
— Vou passar muito tempo dormindo — disse o filho. — Mas quem vai me contar histórias?
— Daqui a pouco terá crescido, não vai mais precisar de histórias — a mãe disse baixinho. — Conhecerá a verdade.
— Mamãe, você está com frio?
— Eu esfriei, filhinho. Enfraqueci.
— Vou respirar sobre você, você vai se esquentar...

Ivan começou a respirar sobre o peito da mãe e teve a impressão de ter respirado por muito tempo. Mas a mãe sabia que ele tinha respirado pouco tempo acordado, logo adormecido e dormido até de manhã, até despedir-se dela para sempre.

A mãe se levantou da cama. Ela estava mal devido à fraqueza e à tristeza. De toda maneira, queria arrumar o quarto e a cozinha, e ainda preparar o *kúlech* para que Ivan tivesse o que comer de manhã. Ela acendeu a luz na lâmpada e, diminuindo a chama, tirou a poeira das coisas e se pôs a lavar o chão. Depois de lavar o chão, cozinhou o painço e a batata, colocou-os num baldinho de ferro e começou a tirar lascas de madeira para acender o fogo. Ela queria viver e se ocupava com afazeres para que se visse como ela era necessária no mundo e para que a doença e a fraqueza a deixassem. Pelo trabalho diligente, ela queria se habituar a uma vida comum de novo, curar-se e afastar a morte de si.

No instante em que acendeu o fogo, ela sentiu que seu coração já não respirava e que o seu tempo se esgotara. Ela soprava a chama no forno, mas o fogo não se apagava. Então quis soltar um grito para que Ivan despertasse e ficasse com ela, mas lembrou que ele tinha que sair para trabalhar moendo pedras pela manhã, e calou. A dor devastadora que transforma todos em santos em sua última hora atravessou o seu ser e expirou. Ela acalmou-se, como que indiferente; rápido e com cuidado, abriu o baú com as roupas da família, retirou de lá uma camisa limpa e a vestiu, depois fechou o baú, pondo a chave em cima dele, para que Ivan visse onde estava. Seu olhar varreu o quarto: o que ainda é preciso fazer? — É preciso apagar a lâmpada, a chama pode provocar um incêndio: Ivan dorme e ela está morrendo. A mãe torceu o pavio e a chama se apagou. Depois, deitou-se na cama ao lado do filho e virou o rosto para a parede, para que Ivan não visse seu rosto à luz do dia. "O que mais tem que ser feito? — ela matutava. — O fogo continua ardendo no forno, mas ele mesmo vai se apagar. Ivan viverá sozinho e ao lado dele boas pessoas. E se os bons forem poucos, o próprio Ivan, crescendo, será um deles, não foi em vão que o trouxe à luz."

Ao acordar de manhã, Ivan tocou a mãe, que estava deitada de costas para ele, para despertá-la. A mãe não se virou para ele.

— Você não me ama! — disse Ivan.

Ele passou por cima do corpo dela e olhou para seu rosto.

— Você não me ama: você morreu.

Depois de pensar, ele decidiu morrer junto com a mãe, porque a amava agora mais do que quando estava viva, e queria estar com ela do mesmo jeito que ela.

— Mamãe! – chamou Ivan.

Ela estava deitada, triste, com o rosto bondoso de sono e olhos semiabertos. "Viva por mim!" —Ivan se lembrou das palavras dela, mas ele queria se deitar ao seu lado, se encostar nela e ser frio, adormecido e pálido como ela.

Mas Ivan tinha medo de desobedecer à mãe, já que tinha mandado que vivesse no lugar dela; ele saiu da cama, olhou o dia amanhecido pela janela e comeu um pedaço de pão, salgando-o. Ao ver o chão lavado e a casa arrumada, entendeu o que a falecida mãe havia feito durante a noite: "Ela cuidou de deixar tudo arrumado e limpo, então ainda estava viva".

Ele, então, sem querer, soltou um grito de dor no coração que, entorpecido em seu peito, parava de respirar.

— Mamãe, levante-se!... Levante-se, mamãe!

Ela não se levantou, não pôde.

Ivan ficou para viver sozinho.

* * *

Ivan tinha nove anos quando sua mãe morreu. Desde então, ele começou a ver a imagem dela em todo lugar. Se olhava para uma nuvem no céu, tinha a impressão de que esta lembrava o rosto da mãe, se fixava o olhar na escuridão da noite atrás da janela, via que a mãe olhava para ele de lá e estava perto, mas não conseguia se aproximar nem dizer nada porque estava fraca; Ivan então saía correndo para onde ela estava, mas ela já não estava em lugar algum... A lua nascia e iluminava a terra. Ivan parava e observava a lua: "Lá vive a mamãe — pensava ele —, mas onde é que ela está?"

Em casa, no quarto e na cozinha, todos os objetos e pertences lembravam a mãe e ainda guardavam seus vestígios e o calor de suas mãos. Por isso, Ivan contemplava as tábuas da mesa da cozinha onde a mãe preparava o almoço e o jantar, acariciava o cabo da faca com que ela cortava o pão, cheirava o travesseiro no qual a mãe dormia e morrera, ele próprio nunca dormia nele, para que permanecesse íntegro... Se a árvore mexia com as folhas ao vento, Ivan via que as folhas se arrumavam de tal jeito que pareciam com o rosto da mãe, mas o rosto sumia de repente, antes que Ivan conseguisse contemplá-lo. Tanto nas veias da madeira das estacas da cerca quanto no rosto de uma mulher distante que vinha ao seu encontro, Ivan vislumbrava a imagem querida e distante de sua mãe que de novo se aproximava dele. Mas quando olhava com atenção para o desenho da madeira na cerca, nada nele parecia-lhe semelhante à imagem materna, e a passante, que antes a recordava, lhe era estranha e desconhecida. E sempre que o coração de Ivan começava a se alegrar, a imagem de sua mãe escurecia diante dele e outros rostos desconhecidos olhavam para ele. Nessas horas, ele voltava o olhar para o chão, para uma haste de erva do caminho ou para outro canto; um vento fraco mexia as migalhas na terra, a haste de erva concordava com a cabecinha, e Ivan cria entender suas vozes silenciosas: "Também somos órfãos, também vivemos sem pai e mãe..."

Depois do funeral da mãe, tia Lukéria, irmã mais velha de seu pai, mudou-se para a casa, para que o menino não perecesse sozinho sem cuidados. Fazia tempo que Ivan não via Lukéria, que vivia num vilarejo distante, e ele até já se esquecera dela. Quando ela chegou e colocou no cômodo o seu bauzinho com pertences, Ivan olhou atentamente para ela.

— Você não é a mamãe! — disse ele.

Ivan achava que um dia a mãe voltaria para casa e ele a encontraria. Talvez, uma mulher desconhecida viesse bater à janela, Ivan abriria a porta, ela entraria, tiraria o lenço da cabeça e Ivan a reconheceria — é sua mãe que chegou; e ela novamente iria contar-lhe uma história, a mais interessante, aquela que ainda não tinha conseguido ou tinha esquecido de contar...

De dia, Ivan continuava trabalhando nas pedras, e tia Lukéria ficava em casa, preparava o almoço para si e para o sobrinho e além disso tricotava meias e luvas para vender; ela havia trazido lã do vilarejo e agora trabalhava ela, arranjando o pão e fazendo passar o tempo de sua vida que já se arrastava: Lukéria tinha quase oitenta anos.

À noite, Lukéria dormia na cama, Ivan deitava-se numa esteira no chão. Ele acordava de noite ou de madrugada e ouvia — não estaria a mãe batendo na janela? Mas as noites escuras se passavam em silêncio e ninguém batia; Ivan então pensava que a mãe se afastava dele mais e mais, indo por uma estrada deserta, e que não regressaria.

No frio do inverno, Ivan não ia trabalhar devido à roupa ruim: ele não tinha botas de feltro, calçava as botas da mãe e vestia um velho paletó do pai, já gasto de tanto uso, cujo algodão já não aquecia mais. Ivan passava esses dias sentado em frente de Lukéria e fitava o seu rosto e suas mãos, vendo como ela tricotava as luvas e contava os pontos sussurrando. Ele via como ela não era nada parecida com a mãe, mas se olhasse para a velha por muito tempo, começava a lhe parecer que de bem longe, das profundezas do olhar da velha Lukéria, escondida sob seu rosto, a própria mãe olhava para ele — e neste momento a velha se parecia com ela; a mesma bondade e o mesmo ar contemplativo se viam no olhar de Lukéria, e a mesma força paciente havia em suas mãos, grandes como as da mãe.

— Tia, por quem você vive? — perguntou Ivan certa vez a Lukéria; naquele dia gelado de inverno as janelas da moradia estavam cobertas pela tempestade de neve e ao meio-dia estava escuro como se fosse noite. — Por quem você vive?

Lukéria não entendeu o que ele perguntava.

— Vivo por mim, por quem mais? — respondeu ela. — E cuido de você, até você crescer — você ainda é criança.

— Eu, pela mamãe. É pela mamãe que vivo. Não por mim! — disse Ivan, com grande orgulho. — E por você? Pode-se viver?

— Por mim não precisa, não se pode, não — disse a velha. — Se for assim, o que vou ser?

— O que vai...? — perguntou Ivan e pôs-se a meditar. — Vai existir também, ou não estará bem...

Lukéria olhou para o menino, procurando entender seu pensamento.

— Por que não estaria bem?... Não estou mal, ainda vejo sem óculos, e minhas mãos são vivas, está vendo, trabalham o que podem... Só as pernas é que doem um pouco e a comida ficou cara, a guerra continua...

— Me deixe ficar com dor nas pernas em seu lugar, não vai sentir mais, eu fico com elas! — disse Ivan. — E ando nelas por você...

— Mas isso vai servir de quê a você? — espantada com a estupidez do menino, Lukéria zangou-se um pouco. — Ainda terá tempo de se aleijar e envelhecer, vai conhecer tudo...

— Me deixe ser velho! — pediu Ivan.

— Mas para que precisa disso?... Eu não vou me tornar jovem com você se tornando velho!

— Não consegue? — perguntou Ivan.

— Não consigo, não — suspirou a velha. — Se soubesse ser jovem, eu por acaso poderia viver assim?...

— E como, tia Lukéria, e como...

Lukéria deixou o novelo de lã e as agulhas de tricô de lado, levantou-se do banco, sorriu com um rosto alegre e sapateou com pés doentes.

— Eu dançaria pelo mundo! — A velha de novo se sentou no banco e pegou a lã. — Agora, o que fazer? Agora eu não vivo a minha vida... E não há para quem se queixar, Vânia. Mesmo os outros, os que são melhores do que a gente, também não vivem por si...

— Pois que vivam por eles mesmos — disse Ivan.

— Ocorre que eles não podem viver por si — respondeu Lukéria —, são fracos...

— Mas precisam viver por si, e não assim! — disse Ivan. — Que vivam bem; se viverem mal, morrerão. Por que são fracos? Eu sou forte!

— O que está dizendo? Você não entende! — reprovou Lukéria. — Quem somos nós? Viva a sua vida antes de querer viver a minha e a de outros!

— Eu não sei como viver por mim mesmo — disse Ivan. — Tia, me conte uma história como a mamãe, que eu vou pensar naqueles que existem na história, vou viver por eles, como eles...

— Antes eu sabia histórias, Vânia, mas faz tempo que as esqueci — respondeu a velha. — Viva com franqueza, você já ganha o seu pão, para que precisa de histórias?

— Vou viver com franqueza! — concordou Ivan.

Ele examinou a casa sombria e gélida e sentiu um calafrio. Mas se lembrou de que sua mãe tinha vivido e respirado ali, e que se aquecia ao lado dela enquanto dormia; lembrou-se de seu calor e de que ela então estava deitada num túmulo, numa terra gelada, sem queixar-se a ninguém, e, depois de pensar essas coisas, procurou se aquecer.

— Tia, aqui ficou mais quente agora...

— Por que mais quente? Hoje não acendemos o forno! E desde ontem assim, já esfriou tudo...

— Não, aqui está quente, sim — disse Ivan. — Estou sentindo.

— Não é verdade, faz frio em todo canto — disse Lukéria. — Estilhe um pedaço de lenha, está na hora de cozinhar batatas.

Enquanto estilhava a lenha, Ivan ouvia tiros distantes e muitos gritos. Os barulhos vinham de algum ponto do meio da cidade e não se sabia o que se passava por lá. A cidade era pequena: no verão, se se olhasse de um extremo, da última casa da cidade, onde viviam Ivan e seus pais, era possível avistar o campo do outro lado da cidade. As pessoas ali viviam da horta, de trabalhos manuais e do trabalho na ferrovia; contudo, até esta cidade quase desconhecida era necessária porque nela viviam pessoas.

Ao ouvir os tiros, Lukéria foi até os vizinhos. Quando voltou, disse que na cidade tinha começado outra revolução — a primeira, de fevereiro[2], tinha sido tranquila de quase não se notar, agora tinha uns bolchevistas[3] atirando pela cidade, e não se sabia o que aconteceria; talvez houvesse pão, talvez não. Mas os vizinhos diziam que o painço então seria mais barato, tinha dado muito milho-miúdo, e os bolchevistas diziam que seria preciso alimentar o povo.

— Bolchevistas! — disse Ivan. — São gente?

— O que mais podiam ser? — disse a velha Lukéria. — Todo mundo é gente, mas é cada um de um jeito. Se dizem ou não dizem a verdade sobre eles, isso eu não sei, mas eu queria ao menos viver a velhice. Dizem que são bondosos.

— Quem é bondoso?

— Esses bolchevistas... Eu fui agora até o alfaiate, Iefstáfi Timoféievitch, que disse:

— Que sejam os bolchevistas, vamos ter comida, viver na simplicidade, o coração deles vive ao lado da razão. Eu os conheço — disse —, eu mesmo sou político — e de alegria, enfiou a linha na agulha sem óculos. — Agora — ele disse —, começo realmente a enxergar, vivo no tempo certo, eu gosto da política. — disse o alfaiate.

— O que é política? — Ivan ficou pensativo. — Você já a viu?

— Não, não a vi... Deve ser comida, creio eu...

Eles jantaram e foram dormir. Quando a noite passou e já estava claro, Ivan foi ao centro da cidade para ver o que lá acontecia.

Havia muita gente na praça do mercado; estavam todos de pé, ouvindo o que lhes dizia um homem que estava acima de todos, pois tinha subido no batente de uma represa. Após dizer o que era preciso, aquele homem foi embora e em seu lugar subiu um outro. Ele vestia um capote militar surrado e um gorro. Ivan abriu

---

2. Considerado a primeira etapa da Revolução Russa, o levante de fevereiro de 1917 resultou na abdicação do tsar e na instituição de um regime democrático de aliança entre liberais e socialistas. (N. da T.)

3. Lukéria usa incorretamente a designação "bolcheviques". (N. da T.)

caminho entre a multidão, se aproximou da calha e agora ouvia e via bem o homem que dizia. O homem falava ora com raiva, ora afável, ora ameaçando com os punhos, ora levava a mão ao peito, como se levasse ao coração todos os que o ouviam em silêncio. Porém, nos olhos do orador, nos momentos de raiva e afabilidade, se mantinha uma felicidade calma e tranquila, e no seu velho capote, o corpo magro e cansado se tornava próximo e conhecido dos pobres da cidade e das pessoas vindas do campo para ouvi-lo.

— A fome, o frio e a angústia de viver não estarão conosco eternamente, mas a liberdade nos acompanhará a partir de agora e para sempre! — disse esse homem-soldado e sorriu para o povo com o rosto extenuado, mas no qual se abria nesse momento todo o seu coração.

Ivan viu que sua falecida mãe sorria da mesma maneira, e também era muito magra por ser pobre e de alma bondosa como aquele desconhecido.

— As fábricas e usinas eram dos outros, a terra era dos outros e o sol não brilhava para nós — continuou o homem. — Agora o poder é nosso, e tudo é nosso. Logo, sendo assim, camaradas, que cada um viva e exista com a vida segundo os seus desejos. Porque antes, o homem nascia e sentia que devia fazer uma coisa, mas fazia outra: talvez ele tivesse o desejo de pintar quadros, construir casas ou ser talabarteiro, mas a força obscura do capitalismo o constrangia, obrigando-o a passar a vida cavando areia numa gruta ou talhando pedra para um cais, sem permitir que ele tivesse outro caminho...

— E quanto vai custar o pão nos tempos da liberdade? — perguntou a voz vetusta de alguém.

O soldado se calou, depois disse, zangado:

— Mas como, quanto vai custar o pão nos tempos da liberdade? Você queria que custasse quanto?

— Eu? — disse a mesma voz vetusta. — Para nós seria melhor que fosse de graça, que cada um ganhasse o seu pedaço!

— Haverá de graça também. Tudo está em nossas mãos! — respondeu o soldado. — As mãos trabalharão, a consciência virá — e o pão será de graça... A liberdade e o pão são a mesma coisa, como a vida no corpo, digamos assim...

— Tem razão, tem toda a razão! — exclamou alto de longe uma voz feminina. — Não há homem bem alimentado na escravidão!

A conversa continuou por um bom tempo, mas Ivan não compreendia e não escutava mais as palavras; permanecia olhando para o soldado que falava, e pensava onde será que morava, se tinha pai e mãe e no que faria quando o povo fosse para casa e ele ficasse sozinho.

Outras pessoas ainda falaram, uma após a outra, durante o dia inteiro, até que começou a escurecer e a noite chegou. O povo, pensativo, mas alegre com a esperança de uma vida melhor, começou a se dispersar em suas casas. Os pobres se diziam que então a vida se tornaria mais fácil, porque não era possível existir sempre na miséria, sempre pela hora da morte, e que tinha chegado o tempo de uma vida radiante, um tempo que há muito devia ter chegado.

O soldado que falava levantou um balde com água do poço, bebeu à vontade da beirada e esfregou o bigode ruivo para que a água não congelasse nele. Ao ver Ivan, que continuava olhando para ele, perguntou:

— E por que está aqui, rapazinho? Seu pai e sua mãe devem estar sentindo a sua falta!

— Não tenho pai nem mãe — disse Ivan.

— Não? — devolveu o soldado. — Isso é ruim, mas não há de ser nada. Viva agora sozinho, viva conosco, a humanidade é grande, não sentirá falta... Onde é que tem aqui uma hospedaria ou um albergue para pernoitar?

— Não sei, pernoitamos em casa — respondeu Ivan.

— Você pernoita em casa, eu não tenho onde — não tenho casa... Bom, adeus, vá jantar e dormir...

— E você? — perguntou Ivan.

— Vou encontrar um lugar, me arranjo em algum canto, a nossa Rússia está ao redor...

— Venha para a nossa casa! — pediu Ivan. — Temos um quarto e uma cozinha, você pode dormir numa cama com cobertor...

O soldado fitou Ivan por um bom tempo com um olhar alegre, como se aos poucos tivesse reconhecendo em Ivan aquele que há tempos procurava, cujo rosto havia esquecido, e encontrando-o, não o recordasse de imediato...

2

A infância permanece como um tempo eterno, intocável nas lembranças do homem. O tempo seguinte, o da juventude e maturidade, escorre, passa e se dilui em esquecimento, mas a infância repousa como um lago num país sem ventos de nossa memória, e sua imagem se preserva inalterada no interior do homem até o fim...

Naquele dia, quando Ivan encontrou o soldado que estava falando, a sua infância terminou. O soldado se chamava Antón Aleksândrovitch Arkin. Ele ficou para trabalhar na cidade e passou a viver junto com Ivan no quarto e na cozinha, e começou a cuidar do próprio Ivan e de sua tia Lukéria, dando-lhes pão comprado com o seu ordenado.

— Fiquei sozinho no mundo, vivo como órfão desde a infância. E, sozinho, não se come, não se bebe, não se vive — dizia Antón.

— Obrigada — tia Lukéria agradecia pelo pão.

— Não precisa agradecer! — contestava Arkin. — O pão vem do sol, da terra, do povo. Obrigado a você pelo acolhimento, pela irmandade...

Assim que Arkin se estabeleceu na casa, a vida de Ivan mudou; agora eram três pessoas, os afazeres domésticos aumentaram e a vida em casa não era mais entediante. Acordando pela manhã, Ivan se levantava primeiro e acendia a luz na lâmpada, como fazia antes a sua mãe.

Na cidade, Arkin servia como comissário militar. Saía para o trabalho pela manhã e permanecia no serviço até tarde da noite. Ele mandou Ivan parar de trabalhar nas pedras, não trabalhar mais em parte alguma, e o levou para a escola.

Ivan começou a estudar, mas, no início, estudava mal. Ele enxergava cada letra no livro como uma figurinha ou um quadro separado e vivo. Por isso, tinha dificuldade para aprender a ler. No livro, ele via uma variedade de figurinhas animadas que viviam independentes, e não uma uniformidade repetitiva de trinta e seis sinais[4].

A professora ensinava Ivan Gvozdariov com afinco, escrevia no quadro com giz a letra "o" e dizia:

— Aqui, Ivan, você vê uma bolinha, é a letra "o", e sempre que for um círculo, significa que é a letra "o".

— Mas elas não são iguais! — dizia Ivan. — Uma letra "o" é mais gorda, é mais rica; a outra é magra, é pobre...

— Mas se lê da mesma maneira! — dizia a professora. — Lembre-se disso!

— Já decorei! — Ivan concordava contra a vontade e pensava em segredo que cada letra do livro tinha o seu próprio som, e que não havia igualdade entre eles.

— Me escute, Ivan Gvozdariov! — dizia a professora. — Se você pensar do seu próprio jeito, nunca aprenderá a ler, escrever ou contar...

— Eu vou obedecer — respondia Ivan, porque a professora o tratava bem, falava com ele como se fosse uma pessoa adulta, alguém importante, e ele a amava e estava pronto a fazer tudo o que ela julgasse necessário e correto.

1944

---

4. Até 1918 o alfabeto russo era formado por 36 letras. Após a reforma ortográfica de 1917-1918, passou a ser composto por 33 letras. (N. da T.)

Afônia

Afônia era um pequeno homem, tinha uns seis anos de idade. Mas ele próprio pensava que já vivia há muito tempo, que vivia desde sempre e que nada existiu sem ele — nem a vovó Marfa, nem a casa em que moravam, nem o sol, nem a grama, nem os pardais e as moscas, e que, sem ele, o vento nunca soprara. Eles também já viviam há muito tempo — a tia, a casa e a velha cerca. Mas o que Afônia sabia é que sem ele não tinham vivido. Teriam ficado entediados, porque Afônia era a coisa mais importante do mundo, e afinal viviam porque ele existia e estava com eles.

Ao acordar pela manhã, Afônia examinou o quarto — todos os objetos estavam em seus lugares e esperavam por ele? Depois olhou ao redor — estava intacto, como deveria? Tudo estava no lugar, nada se fora dele. Um banco magrelo e seco cochilava no chão e o avô estava sentado nele; ele, pelo visto, voltara de um campo próximo e comia crostas de pão com manteiga. Uma mesa baixa, feita pelo avô nos tempos antigos, se apoiava nas grossas pernas e esboçava um riso com um rosto bondoso de madeira — uma gaveta onde se encontravam as colheres; o sol brilhava no céu através da janela e nesta, um mosquitinho se debatia e zumbia para que o deixassem entrar na isbá, para perto de Afônia. "Espere por enquanto, daqui a pouco eu mesmo sairei para o quintal" — disse Afônia.

— Levante-se, Afônia! — o vovô Ivan Emiliânovitch acordava pela manhã o neto. — Olhe, o sol já está alto e a grama secou do orvalho. Levante-se depressa, se você dormir muito, olhe lá, vai envelhecer dormindo!...

Mas Afônia não acordou. A voz do avô só o fez se espreguiçar e ele adormeceu ainda mais profundamente, para não o ouvir. E sonhou com a grama azul, dizendo palavras, e com um rio azul-marinho, cantando baixinho uma canção, como a que lhe cantava a mãe quando vivia no mundo.

— Afônia, pequeno Afônia! — chamava seu avô Ivan. — Levante-se, meu orfãozinho, ou vou ficar entediado aqui sozinho!

Mas Afônia de novo não acordou. Ele dormia sobre a palha no porão, onde o avô Ivan guardava os seus últimos trastes. Toda a aldeia onde moravam fora incendiada pelos alemães, só sobraram as cinzas, sobre as quais já crescia a grama. Agora Afônia tinha cinco anos e em breve completaria seis. No entanto, ele não se lembrava de quando tinha nascido. Achava que vivia há muito, um tempo eterno, e que sempre existira no mundo.

O avô continuava olhando para o neto adormecido, para o seu rosto amável e branco, expressando a vida meiga de sua alma, para os seus olhos semiabertos, azuis como o céu do dia. O avô lamentava sobretudo o fato de que o neto naquele momento não olhava para ele e não via a luz que iluminava a terra.

— Afônia! — disse baixinho o avô. — Vamos visitar a mãe e chamá-la?

Afônia abriu os olhos e respondeu:

— Vamos, vovô!

— Será que acordou? — alegrou-se o avô. — Mas primeiro vamos comer as batatas.

— Não precisa — disse Afônia, descontente. — Vamos até a mamãe. A mamãe não come nada, e você sempre está com fome.

— Está bem, não precisa — envergonhou-se o avô Ivan. — Você de pequeno não está habituado a comer, os alemães não deixavam, mas eu estou habituado a comer desde criança...

O avô Ivan e o neto Afônia foram visitar a mãe de Afônia, que era filha do avô. A mãe de Afônia estava deitada na terra na beira de um bosque. Lá estavam, em um mesmo túmulo, todos os moradores da aldeia, quarenta e quatro almas. Todo o povo da aldeia Podkliétnoe, que vivia em sete casas, havia sido levado dali para o bosque pelos alemães e lá, morto. O avô Ivan não fora executado pelos alemães porque lhe restava pouco tempo de vida, já era muito velho. Mas os alemães o obrigaram a cavar uma grande cova na beira do bosque e enterrar lá todos os mortos. Os alemães também ordenaram que o pequeno Afônia vivesse e não

o tocaram. Eles o deixaram no bosque ao lado de seu avô Ivan, separado de toda a gente e da mãe de Afônia. Afônia via que sua mãe só olhava para ele. Quando todos já haviam caído mortos, a mãe de Afônia ainda permaneceu um pouco de pé, para ver seu filho por mais tempo, pois o amava e queria estar com ele. Depois, seus olhos embranqueceram, como se fossem cegos, e ela também caiu no chão e morreu.

Os alemães disseram então para o avô Ivan que agora todos os partisans de Podkliétnoe logo ficariam órfãos de pai e mãe, e quem tinha filhos deixaria de tê-los. E você, disseram os alemães ao avô, morrerá sozinho em breve, de velhice e de saudade. E este — disseram apontando para Afônia —, que ele viva sozinho, se lembre de nós para sempre e que conte para os outros, para que nos temam por mil anos ainda.

— Afônia, não tenha medo deles — disse o avô. — E esqueça eles!

Afônia lançou um olhar triste para o avô.

— Por causa deles a mamãe morreu. Eles a mataram com fogo. Vou me lembrar deles.

— Lembre-se deles, Afônia — concordou o avô. — Eu já estou velho e sou estúpido de coração.

— Volte a si, vovô — disse Afônia.

Eles caminharam até a beira do bosque. As bétulas cresciam ao lado do túmulo camponês, o vento balançava as folhas das árvores, como se pessoas altas e invisíveis andassem pela floresta, tocando os galhos.

— Mamãe! — disse Afônia para a terra. — Vá para a casa, vamos viver novamente. O vovô vai construir uma isbá nova de madeira...

1945

A oitavinha

Maria Vassílievna morava numa isbá à beira de uma floresta densa. Ela e seu marido, que era guarda florestal, há tempos moravam nessa floresta. Lá nascera Mítia[1], o filho deles, que agora tinha quatro anos.

A família do guarda florestal vivia bem e em paz, mas no último ano Maria Vassílievna começara a adoecer e com frequência fitava com olhos lamentosos seu pequeno Mítia, como se sentisse que morreria em breve e que não teria tempo suficiente para olhar para seu filho.

Agora, Maria Vassílievna sentia-se muito mal. Mas, como das outras vezes, ela levantou-se de madrugada e não teve tempo de se deitar durante o dia, porque precisou trabalhar muito em casa e nos afazeres domésticos. A doença a tornara magra, corcunda e pequena, mas ela não se queixava com ninguém e vivia sempre trabalhando e atarefada.

Ao meio-dia, cumprindo parte dos afazeres, Maria Vassílievna sentou-se no banco. O silêncio reinava no quintal, no campo e na floresta. Era verão, as árvores cresciam na floresta e o centeio amadurecia nos trigais. Mítia partiu pela manhã, ele brincava em alguma parte do campo ou da floresta, conversava com borboletas, besouros, flores e formigas. Ele crescera só, não tinha amigos, somente a partir do outono começaria a estudar na aldeia e então teria camaradas de escola. Até então vivera apenas com os pais e habituara-se a fazer amizade com todas as pessoas pequenas. Mítia chamava de pessoas pequenas todos aqueles que viviam e encontravam-se na terra e voavam sobre ela — minhocas, formigas, mosquitos, libélulas, pardais, borboletas, aranhas, pulgões verdes e todas as moscas que vivem e respiram no mundo.

O pai de Mítia esteve na cidade por dois dias. Tinha um assunto para tratar no escritório florestal e queria trazer um médico para tratar da doença de Maria Vassílievna.

---

1. Hipocorístico de Dmitri. (N. da T.)

Maria Vassílievna abriu a janelinha que dava para o campo de centeio, para tentar ouvir o barulho de Mítia brincando em algum lugar. Mas o campo estava silencioso, não se escutava nenhuma voz, apenas o vento vagava só pelo mundo, movendo as folhas e espigas que cochilavam no calor do sol.

Maria Vassílievna se deitou no banco; ela se sentiu mal devido à doença. Não havia ninguém na isbá, somente um girassol, crescendo atrás da janela, olhava para a mãe doente.

Maria Vassílievna rapidamente voltou a si, mas tinha a sensação de que a noite já tinha chegado e que o sol se punha. A mãe tinha dificuldade de respirar, todas as suas entranhas se queimavam e ela não conseguia se levantar de fraqueza.

— Mítia! — a mãe chamou baixinho. — Mítia, cadê você? Me dê uma caneca com água!

Mas o filho não respondia. Ele não estava atrás da janela, brincava em algum canto com pessoas pequenas e, brincando com elas, perdera a noção do tempo e esquecera da mãe.

— Mítia! — sussurrou a mãe, deitada no banco, sem forças.
— Mítia, vá buscar a vaca na clareira e coloque o feno para ela passar a noite. Vou me levantar depois, quando estiver me sentindo melhor, e então vou ordenhá-la... Venha cá, sente-se e converse comigo, estou deitada sozinha...

A mãe teve a impressão de que no campo de centeio havia soado a voz de Mítia, fraca e bondosa, como se de repente uma flor silenciosa tivesse exclamado algo. Quando Mítia era menor, sua voz parecia com a voz das flores, como se elas tivessem começado a falar; assim imaginava a sua mãe então, e assim parecia-lhe agora.

— Filhinho, venha para casa — pediu a mãe. — Já está na hora, a noite chegou.

A mãe pôs-se a escutar, mas não ouviu mais o filho.

— Que corra mais um pouco, que brinque, já que está bem lá — pensou a mãe. — O assunto dele é coisa de criança... Quanto a mim, está na hora de me levantar!

Ela não tinha tempo de ficar doente e não podia morrer. Quem iria costurar e lavar para o filho e o marido, quem cuidaria da vaca, quem faria o almoço em casa? Ela lembrou-se de que agora tinha que cozinhar batatas, consertar camisas, amassar a forragem da noite para o porco, trazer ramagem seca para o dia seguinte — tudo isso era necessário, não havia outro jeito! E amanhã de manhã será necessário regar as mudas na horta — está seco lá fora —, depois será preciso lavrar, colher frutas no pomar e então ir para o *kolkhoz*, onde precisam de ajuda na colheita do feno. A mãe tinha afazeres em todo lugar, mas a vida dela se esvaía.

Ouviu-se a voz de Mítia no quintal.

— Não está na hora de ir para casa? — perguntou a mãe.

— Está, mamãe — respondeu o filho e entrou na isbá.

A mãe olhou para ele com olhos alegres. Sempre olhava para ele como se fosse a primeira vez que o via, era assim porque o amava. E toda vez averiguava rápida e atentamente o filho inteiro: se mãos, pernas, olhos, nariz e orelhas estavam ilesos e sem machucados; depois o colocava no colo e examinava os seus dedos, conferindo se estavam todos sãos e em seus lugares.

Mítia ficou diante da mãe e sorriu para ela. Durante o verão, seus cabelos haviam descorado e ficado brancos como os de um velho, ficava de pés descalços, o rosto e as mãos escuros do sol, do vento, das mordidas dos pernilongos e das feridas, somente os olhos cinzas e claros permaneciam os mesmos, olhando confiantes para a mãe, de um jeito que ninguém nunca a olhara nem nunca olharia. Esse olhar lastimoso e atento do menino revelava o seu medo constante; como se dissesse: "Mamãe, fique comigo para sempre, não morra nunca." A mãe entendia esse pensamento secreto, que irradiava dos olhos do filho.

Agora ele estava feliz porque a mãe estava em casa e o aguardava. Quando brincava no quintal, no campo ou na floresta, Mítia tinha medo de que a mãe morresse ou a isbá deles pegasse fogo, então sentia vontade de ir correndo para casa, mas um besouro ou uma borboleta o atraía, ele conversava com os insetos e se esquecia da mãe e da casa, depois se lembrava deles novamente e se esquecia outra vez, porque precisava da mãe, e a terra ao redor dele era cheia de luz e repleta de pequenas pessoas boas que murmuravam e o chamavam para a grama, para os matagais das aveleiras, para o lago da floresta e para o ar do céu.

— Mamãe, me dê um pedaço de pão. Tem um ratinho que mora no campo e ele também tem filhos, vou dar umas migalhas para eles...

— Espere, Mítia, não vá mais a parte alguma. O seu pai não está em casa, eu estou doente, e se eu morrer aqui sem você?

— Não morra, não! — pediu Mítia. — Só vou sair só um pouquinho e volto logo. E você não vai morrer mesmo. Já quase morreu tantas vezes. Agora nem está sentindo dor, não é?

— Não — disse a mãe —, não sinto dor. Então vá enquanto tem sol. Tome leite, eu ponho para você, e pegue um pãozinho do mais macio. Eu corto um pedaço para você; assei ontem mesmo, é da farinha peneirada da última colheita.

— Com crosta! — pediu Mítia. — O ratinho tem dentes, ele gosta de crosta.

Depois de comer pão com leite, Mítia pegou um naco com crosta e saiu da isbá.

* * *

Sentindo-se fraca, a mãe se deitou no banco e cochilou. Ela pensou que descansaria um pouco e depois se levantaria para buscar a vaca na clareira da floresta e que até a noite conseguiria resolver todas as tarefas de casa.

Ela cochilava, mas não se permitia dormir, para não adormecer por muito tempo. Ao sentir que estava enfraquecendo, que um longo sono a dominava, Maria Vassílievna quis levantar do banco para estar com o filho e para os afazeres; mas não pôde mais respirar, então estendeu a mão pedindo ajuda, caiu no chão e morreu.

Mítia voltou logo. Trazia a vaca da clareira da floresta e disse para a mãe pela janela:

— Mamãe, vá encontrar Zorka, o seu úbere está cheio, ela comeu trevo.

Ele entrou pela janela e viu que a mãe dormia sozinha no chão.

— Mamãe! Por que está dormindo? A noite ainda não chegou, e você já dorme. Levante-se, mamãe! Não vou brincar mais com ninguém, já brinquei o suficiente, vou ficar com você...

Zorka mugiu no quintal.

— Levante-se, mamãe, Zorka está chamando você.

Mas a mãe ficava em silêncio, sem respirar, seus braços compridos estavam estendidos no chão.

— Agora você morreu! — constatou Mítia e disse — Também vou morrer com você.

Ele se deitou ao lado dela, agarrou um de seus braços frios e se encostou contra o seu rosto.

O pai chegou ao cair da tarde, trazendo um médico. Olhou ao redor, se ajoelhou na frente da mãe e a beijou na testa; depois levantou o filho e o acolheu em seu peito para que se consolasse e dormisse.

* * *

A mãe foi enterrada sob um velho carvalho à beira da floresta e Mítia passou a viver sem mãe.

De dia, seu pai raramente estava em casa, ia trabalhar na floresta e chegava à noite, e Mítia vivia sozinho. Uma velha da aldeia vinha todo dia ajudar com os afazeres domésticos, mas fazia as coisas de qualquer jeito, a família não era a sua e o pai lhe pagava pelo trabalho com dinheiro e pão.

Mítia não sabia como viver sem mãe. Pela manhã ia ao velho carvalho, onde a puseram na terra, e ficava lá sozinho todo o longo dia, entre a relva e as pequenas pessoas.

Ele fez amizade com uma formiga e lhe contou que sua mãe tinha morrido.

— Bom — disse a formiga —, ela morreu, mas você deve viver.

— Sem minha mãe não é possível — disse Mítia para a formiga.

— É, sim — respondeu a formiga. — Se você ainda não tivesse nascido precisaria de uma mãe. Mas você já nasceu, não precisa dela.

Mítia não entendeu a formiga.

— Você é uma pessoa pequena — disse ele à formiga —, sabe andar pelas covas dentro da terra. Vá até a minha mãe, faça uma visita a ela e depois me conte.

— Não temos tempo para ir às profundezas — disse a formiga.

— Você está vendo nosso formigueiro? Temos muita coisa para fazer, não temos tempo.

— E o que vai fazer?

— Vou ordenhar o pulgão, depois vou levar as cargas para o formigueiro — a palha e a madeira. Temos que construir. Não temos tempo para pensar em você.

A formiga, ocupada, foi rastejando aos seus afazeres e Mítia aproximou-se de uma borboleta branca. Sentada numa flor azul, ela trepidava com as asas e tremia toda como se tivesse medo de viver.

Mítia perguntou à borboleta do que ela tinha medo.

— Não tenho medo — respondeu ela —, estou feliz com a luz quente, vou voar agora.

— Para longe ou para perto?

— Voarei até a noite, então morrerei. À noite, estarei muito velha.

— Minha mãe também morreu — disse Mítia. — Quando você morrer, você vai vê-la?

— Não sei, nunca morri — disse a borboleta.

Mítia olhou tristemente para borboleta, nos olhos dele havia duas lágrimas.
— Eu a verei — disse a borboleta. — Direi a ela que volte a viver.
— Venha me visitar pela manhã, estarei aqui, e viverá de novo até a noite.
— Não, vou contar à minhoca que estive com sua mãe, ela virá aqui rastejando e contará para você. Eu mesma não virei mais aqui, não posso viver duas vezes. As outras borboletas também precisam viver, elas voarão por aqui pela manhã. Mas estou feliz de viver até a noite e morrer no fim do dia.

A bondosa borboleta agitou as asas e o vento tranquilo a levou para longe, sobre a grama e as flores.

Mítia a seguia com o olhar, vendo-a voar. E viu como um pássaro alçou voo da grama e, enquanto voava, comeu a borboleta de uma bicada. O menino se deitou com o rosto na terra e chorou porque a borboleta bondosa não viveu sua vida até a noite chegar.

Uma minhoca grande veio rastejando até o rosto de Mítia e perguntou:
— Por que está chorando? Viva, não chore!
— Eu não estou chorando — respondeu Mítia. — Você é cega, não vê nada.
— Não vejo, mas sinto — disse a minhoca. — A sua lágrima caiu, eu a comi junto com a terra e soube que na terra havia uma lágrima.

Mítia contou a verdade e a razão de seu choro para a minhoca. Ela o ouvia sem se mover...
— Minha mãe deu o último suspiro e morreu — disse Mítia.
— Eu quero dar a ela a minha respiração para que viva, mas ela está deitada nas profundezas da terra...

A minhoca mantinha silêncio e pensava.
— Eu também respiro — disse a minhoca baixinho —, posso dar a minha respiração para a sua mãe.

— Sim, pois dê! — pediu Mítia. — Chegue pela terra até a minha mãe e dê a ela sua respiração, que ela suspire e viva. E se você morrer, mamãe trará você até mim, eu darei a você minha respiração e então reviverá.

A minhoca ficou pensativa.

— Mas eu sou uma minhoca, ora — disse ela. — Posso ficar sem vida, é você que precisa sem falta estar no mundo.

— Então por que existe? — perguntou Mítia.

— Existo para que as formigas me mandem lavrar e revolver o solo. Elas vão construir um novo formigueiro aqui. Eu trabalho para elas como um lavrador-camponês, para isso é que vivo. Não tenho tempo para ir às profundezas da terra.

— A formiga também me disse que não tinha tempo — disse Mítia. — Somente a borboleta foi bondosa.

— Não se ofenda comigo — disse a minhoca. — Eu pensei bem. Me rasgue em dois.

— Não quero. Vai doer em você.

— Me rasgue, assim seremos duas. Uma ficará para ajudar as formigas a lavrar a terra, enquanto a segunda irá até sua mãe. Me rasgue em dois, não sinto dor, estou acostumada.

Mítia pegou a minhoca e a rasgou em duas: uma meio-minhoca saiu rastejando para lavrar a terra para as formigas e a outra meio-minhoca ficou. A Meio-minhoca que ficou se despediu de Mítia e foi rastejando para as profundezas da terra, até a mãe do menino órfão. Agora Mítia não sabia qual das meio-minhocas era aquela que tinha conversado com ele.

* * *

Na manhã seguinte, Mítia foi de novo àquele mesmo lugar e encontrou a Meio-minhoca. Era a que tinha ficado para lavrar, a segunda não estava, partira para as profundezas da terra. A Meio-minhoca tragava e mastigava a terra, assim ela a triturava,

lavrando-a. Ela ora aparecia, ora sumia na escuridão do solo, mas rastejava o tempo todo para frente e para trás e trabalhava.

A Meio-minhoca lavradora percebeu que Mítia estava ali e respirava ao seu lado.

— A outra não está? — perguntou Mítia.

— Não — respondeu a Meio-minhoca. — Talvez alguém a tenha comido na terra ou, talvez, ela tenha se cansado e morrido — o caminho é longo.

— Ela é bondosa?

— Não sei — disse a Meio-minhoca. — Ela é como eu.

Mítia ficou desolado: pensava no que podia fazer agora, em quem mandar para ajudar a mãe.

Então, a Meio-minhoca disse:

— Me rasgue mais uma vez em dois — que sejamos dois quartos: um quarto ficará para lavrar e o segundo para levar a respiração da vida para a sua mãe.

Mítia ficou contente e logo rasgou a Meio-minhoca em duas. Um quarto de minhoca foi rastejando rumo às profundezas da terra e o segundo ficou para lavrar para as formigas.

Mítia foi até a vaca Zorka na clareira da floresta; ele a pastoreou até o anoitecer e, quando necessário, a levava de um lugar para outro, para que ela comesse uma grama mais doce e nutritiva e não se alimentasse de hastes de ervas secas. Ele frequentemente se aproximava e acariciava Zorka, a acariciava como antes o fazia a sua mãe e se sentia bem, como se notasse no pelo de Zorka as marcas vivas e meigas das mãos da falecida mãe. Zorka virava-se e olhava para ele com um olho só, grande e triste, como se quisesse dizer algo ou perguntar: onde está a minha dona, onde está a sua mãe?

No fim do dia, ao voltar para casa, Mítia se deitou logo, para que a noite passasse rápido, e pela manhã foi até o Quarto-de-minhoca. Ela lavrava a terra das formigas, a segunda ainda não tinha voltado.

Agora o Quarto-de-minhoca tinha ficado bem curto, se tornara difícil lavrar a terra e ele trabalhava pouco. Por isso, as formigas xingavam o Quarto-de-minhoca e prometiam comê-la viva se não conseguisse trabalhar mais. O Quarto-de-minhoca tentou trabalhar mais e melhor, mas agora havia pouca força naquele corpo curto.

Quando as formigas foram embora, Mítia se deitou ao lado da minhoca-trabalhadora e respirou sobre ela, para que o Quarto-de-minhoca o reconhecesse. Ela parou de rastejar e pediu-lhe que retirasse o suor das costas dela com uma graminha. Mítia limpou o Quarto-de-minhoca; a lavradora descansou e disse para ele o que era preciso fazer:

— Me rasgue mais uma vez em duas metades, viveremos ainda como duas oitavinhas.

Mítia fez como o Quarto-de-minhoca mandou; agora ficaram duas oitavinhas, duas minhocas pequenas, mas ambas vivas e bondosas.

Uma Oitavinha foi visitar a mãe de Mítia na terra, a outra Oitavinha ficou para lavrar o solo. O trabalho se tornara penoso para a pequena Oitavinha, e ela ainda temia as formigas, mas era paciente e assídua nos trabalhos com a terra. Mítia ficou ao lado da Oitavinha e, de instante em instante, retirava o suor dela com uma folha de grama.

Ao meio-dia, Mítia foi ver Zorka na clareira da floresta.

Depois de acariciar Zorka, ele a levou para o rio, no lugar onde os animais bebem, e lá adormeceu sob a sombra fresca de um salgueiro.

Mítia acordou quando a noite chegou: ele se lembrou da Oitavinha e foi correndo visitá-la, para ver como ela, tão pequena e frágil, estava trabalhando sozinha, e se as formigas não a tinham comido por ela ter lavrado pouca terra.

Mítia viu a Oitavinha. Ela estava deitada ao lado da haste verde de uma erva, sem trabalhar e imóvel. Mítia pegou a

Oitavinha na mão, chamou-a, falou com ela, respirou sobre ela e a tocou com os lábios. A Oitavinha permanecia calada, ela estava fria e já enrijecia; no lugar onde Mítia a rasgara do Quarto-de-minhoca saía uma gotinha de sangue que agora já tinha ressecado: a Oitavinha estava morta. Ela se extenuou no trabalho, não conseguiu viver no pequeno restinho debilitado do seu corpo.

Mítia levou a Oitavinha ao trigal, para que as formigas não a achassem, e a enterrou lá.

Agora ele estava sozinho em cima da terra onde estava deitada a Oitavinha morta. Ele tinha pena dela e não sabia se ainda existia mais alguém tão bondoso como a Oitavinha.

1945

Andrei Platônov nasceu nos arredores da cidade de Vorôniej, em 1899. Após a Revolução, em 1918, ingressou no departamento eletrotécnico da politécnica ferroviária. O contato com o universo ferroviário na Rússia revolucionária teria, posteriormente, grande influência na sua obra literária.

Após uma tentativa de filiação ao Partido Comunista, as críticas feitas por Platônov aos "revolucionários oficiais" em um artigo satírico tiveram como consequência a expulsão do autor, em 1921, considerado como um "elemento instável e inconstante". Nesse mesmo ano, publicou o seu primeiro livro — *Eletrificação*; no ano seguinte, o seu primeiro volume de poemas — *A profundeza azul*.

A partir de 1927, se estabeleceu em Moscou, e os próximos dois anos talvez possam ser considerados os mais prósperos de sua vida literária. Entre 1927 e 1929, trabalhou no seu principal romance, *Tchevengur*, que narra dialeticamente a utopia soviética comunista dos anos 1920. Entretanto, o ano de 1929 trouxe os primeiros ventos adversos ao destino de Platônov: suas novelas *O cidadão estatal* e *Makar, o Duvidoso* foram completamente devastadas pelos críticos literários. Além disso, o fotolito de *Tchevengur* foi quebrado por ordem direta de Ióssif Stálin. O romance seria publicado na União Soviética apenas em 1988.

No outono do mesmo ano, Andrei Platônov, enviado em missão pelo Comissariado Popular da Agricultura, viajou pelas províncias da Rússia Central. Suas impressões resultaram no enredo para a novela *A escavação*, onde o autor narrou o "apocalipse da coletivização". Concluída em 1930, a novela tampouco foi publicada durante a vida do autor.

Durante a Segunda Guerra Mundial, atuou no front como correspondente para o jornal "A Estrela Vermelha". Ainda assim, no pós-guerra, viu-se novamente na condição de pária literário: nos últimos anos de sua vida, gravemente enfermo, o autor sobrevivia transcrevendo contos populares russos e bashquires, encontrando apoio material somente entre amigos próximos, tais como os escritores Mikhail Chólokhov e Aleksandr Fadiéev. Sem ver a sua obra reconhecida, Andrei Platônov faleceu em 1951, deixando os seus principais livros não publicados.

© Junior Luis Paulo, 2024

Cria do CB, o bairro Crubixá, em João Neiva (ES), Rick Rodrigues (1988) é artista plástico e mestre em artes pela Universidade Federal do Espírito Santo. Trabalha com séries de desenhos, gravuras, bordados, objetos e instalações. Rick também integra o Coletivo Almofadinhas, formado por três artistas que utilizam o bordado para elaborar suas obras, enfatizando memória, gênero, afetividade e sexualidade. O artista apresentou 11 exposições individuais, participou de mais de 50 exposições coletivas, ministra oficinas de desenho e bordado experimental e vivencia residências artísticas com frequência.

Impressão: Midiograf
Tiragem: 1.000 exemplares
Tipografia: Minion Pro
Papel: Pólen Soft bold 90 g/m^2